记忆的味道

马先勇 | 著

天津出版传媒集团
天津人民出版社

图书在版编目（CIP）数据

记忆的味道 / 马先勇著. -- 天津：天津人民出版社，2023. 10
ISBN 978-7-201-19887-3

Ⅰ. ①记… Ⅱ. ①马… Ⅲ. ①散文集-中国-当代
Ⅳ. I267

中国国家版本馆 CIP 数据核字（2023）第 194175 号

记忆的味道
JIYI DE WEIDAO

出　　版　天津人民出版社
出 版 人　刘　庆
地　　址　天津市和平区西康路 35 号康岳大厦
邮政编码　300051
邮购电话　（022）23332469
电子信箱　reader@ tjrmcbs. com

责任编辑　岳　勇

印　　刷　四川科德彩色数码科技有限公司
经　　销　新华书店
开　　本　880 毫米×1230 毫米　1/32
印　　张　5. 875
字　　数　122 千字
版次印次　2024 年 3 月第 1 版　2024 年 3 月第 1 次印刷
定　　价　68. 00 元

序一

时光中那些醇厚甘美的味道

郑家海

我和先勇同志早在 1983 年就认识了。当时，我在空军某机场政治处当干事，并兼任电影队队长和俱乐部主任。这期间，先勇同志在某部直属的飞机野外修理厂任军械师。因为我们都爱好写作，志同道合，又是老乡，常有来往。我们既是战友，又是文友，再加上是乡友，所以彼此之间比较了解。先勇同志长我几岁，无论是在部队，还是到地方，他都以长兄的身份，给予我多方面的关爱，尤其是他为人坦诚、谦卑好学、敬业爱岗等诸多好的品质，让我从内心深处敬佩他。

近年来，先勇同志文思如泉，信马由缰，连年新作，目不暇接。《耕耘》《怀旧的泥土》《旧时月色》《开花的路途》等先后出版，共有六十多万字。前不久，先勇同志委托我给其拟出版这部散文集《记忆的味道》写序，我才进一步了解到多年前他就加入了中国散文学会、安徽省作家协会、安徽省民俗学会、安徽省民俗学会家谱研究中心、合肥市作家协会。近年来，他笔耕不辍，硕果颇丰，先后获得安徽省合肥市“读书之星”“书香门第家庭”称号，以及散文大赛、各类征文比赛一等奖、优秀奖等。先勇同志于1987年10月从部队转业，长期在基层税务一线工作，曾任税务专管员、所长、分局长等职，在税务战线辛勤耕耘30年，先后被评为“税务青年标兵”“十佳税务工作者”“优秀共产党员”等。

先勇同志将近六十篇大作汇集成书，我除发自内心的高兴外，更多的是为他的刻苦和才气而感到骄傲和自豪。看完他写的书稿，我不禁想起了我们四十多年的战友情、兄弟谊，想起了我们同在百色这块红色土地上如火如荼的峥嵘岁月。先勇同志的作品，大多为随笔、通讯、回忆录、游记，豪放潇洒，不废婉约；涉猎广泛，雅俗共赏。他描绘肥东那片牵魂的故土的文章，如《父亲——一座立在我心上的丰碑》《我的母亲》《大姐》等，感人至深，让人看完后潸然泪下，仿佛有一种感动、有一种力量在升华，从而激发我们不忘初心、珍惜美好、砥砺前行。

《梦里水塘》《飘香，肥东大地试灯粑粑》《赶集》《深情回望村庄》等文章，更显出先勇同志丰富的人生经历和不凡的文字功底。他俯拾乡村元素，点石成金，既凸现了徽风皖韵，又透露出亲切与情趣。在作者眼里，依稀别梦，家乡美若人间仙境，乡间风土人情宛如珍藏画卷。

《肥东的“香格里拉”——泉山》《不曾泛黄的老照片》《小山村李百家》等文章，让人犹如听到绕梁的乡音，感触到浓浓的乡情，更有字里行间“润物无声”的哲理，总能撩动人们内心深处的那片圣地。

作者始终把军队这所大学校的培养和锻造当作自己成长的摇篮和阶梯，时时怀念军营、感恩部队。确切地说，作者是一个有家国情怀的人，是个极具正能量的人，是一个爱国、爱党、爱亲人、爱朋友、爱社会的人。对待工作和生活，他总是乐观豁达、积极进取、乐于助人。第二辑《闪光的日子》共收集了近十余篇文章，几乎全部是他 12 年军旅生涯接触的人和事，是典型的空军题材，而且其中的故事都是真实的、感人的，是让人难以忘怀的。《永不褪色的军装》《我与“战鹰”有个约定》等文章，透过作者的叙述，让我们自然而然地想到，当自己带着青春的憧憬和男子汉的豪迈，踏入军营这方绿土，开始自己的军旅生涯时将体味和面临的，不但有新奇、喜悦和成功，更难免有委屈、困惑和激愤，甚至是失望时的沮丧和受挫时的忧郁……凡此种种，无时无刻不在冲击着军人的情感堤坝，检验着军人的心智和品格。在直线加方块的军营里，天南海北汇聚在一起的战友，为了共同的革命理想走到一起。面对军事训练、岗位练兵、政治教育等日常工作和生活的方方面面，作为一名军人，怎样调适自己的情绪和心态，去寻求正确的思考方法和解决问题的途径，这才是立身做人的根本。透过《军营春秋》《军绿色的诗篇》等文章，我们仿佛看到了作者当年对人生前途理想的自信、坚定和追求，让人感到一个青年军人的可亲可敬。

12 年的军旅生涯，锻造了作者的意志，透过字里行间，给人印象最深的是先勇同志始终保持着一种良好的精神状态和心理素质，那就是勇于担当、积极进取。军中 12 年，他积极投入到空军火热的战斗生活中，从福建前线到广东驻训，再到广西前线，岁岁年年，不辞辛苦。工作之余，作者笔触横亘南国长空大地，抒写着空军建设的历史丰功和崭新华章，实属难能可贵。

作为一名省级作家，近年来，他在创作和生活的道路上，总是惜时如金，发奋创作，不断收获。他持久的雄心、信心和恒心，让人敬仰和钦佩。与其说他在不停地创作，倒不如说他在为社会、为人生不停地创造着一片心灵的文化绿洲，在这片绿洲上始终流淌着道德的清泉、生长着智慧的树丛、盛开着理想的花朵……

《记忆的味道》值得记忆，更值得读者细细品味。愿作者在今后的人生旅途中创作出更加精美的作品。

同时，让我们真诚地期望和共勉：五彩的大千世界在作者的笔端里变得很小，平凡的人生在作者的咏叹里变得很大；让我们时时闻到大地清新的空气，使我们彼此能够听见人间真诚的心声；让天涯海角的知音，以此驾起心灵的桥梁，成为心心相印的兄弟姐妹，在未来的岁月里携手共进！

郑家海，系广西南宁市文化新闻出版局原常务副局长、中国作家协会会员、广西城市建设文化指导组专家、广西高校军事理论课特聘教授、高级讲师。

序二

丰富人生织就的多彩画卷

桑　麻

马先勇是一位优秀的散文作家，曾经有过十多年光荣的军旅生涯，这笔难得的人生财富成就了他的文学作品，这部《记忆的味道》就是最好的佐证。

这个从乡村走出来的作家，目前已经发表各类作品千余篇，出版有《旧时月色》等两部散文集，这是值得骄傲的成绩。

先勇兄的这本散文集是他多年生活的结晶，除收录了发表在全国多家报刊的作品外，还精心挑选了近期创作的多篇散文。作品既有金戈铁马的军营生活，又有波澜壮阔的人生经历；既有激越奋进的军旅航程，又有诗意流淌的乡土感怀。金戈与柔情交响，雄壮与诗意携手，丰富地展现了军营生活的多姿多彩和军人的内心世界。几乎每个字都是滚烫的，弥漫着一位作家的质朴和热忱，以及对人生的深刻领悟和热烈追求，读来令人怦然心动、流连忘返。

眼下先勇兄虽已退休，但他仍保留着青春般的创作激情，且燃烧得越发旺盛炽烈，令人目眩！我坚信他会以自己的努力在文学的道路上走得更远！他执着的精神，他锐利的眼睛，他勤奋的态度，还有他对文学的一往情深，都会引领着他走到文学的高地。

祈愿先勇兄写出更多饱含深情的佳作，为他浓墨重彩的人生锦上添花。

桑麻，原名张道发，安徽省合肥市肥东县作家协会副主席、散文诗作家。在《星星诗刊》《散文诗》《诗潮》等报刊发表作品达八十余万字。著有散文诗集《风吹哪页读哪页》《东岗村笔记》。作品入选《中国散文诗一百年大系》《新中国六十年文学大系·散文诗精选》《中国年度散文诗》《中国散文诗精选》等国内多种选本。获第四届中国散文诗天马奖。

目录
CONTENTS

第一辑　往事如花

父亲——一座立在我心上的丰碑　002
我的母亲　009
大　姐　018
一朵过早凋零的花　022
围巾的故事　027
病房里盛开的春天　029
梦里水塘　032
如果岁月再回到从前　035
粉红的诗篇　037
简单生活就是快乐　040
一段芬芳的回忆　044
飘香，肥东大地试灯粑粑　048

糯糯甜甜元宵节 056
赶　集 061
深情回望村庄 065
集邮人生 071
路与车的变迁 074
辈谱起名　家声悠扬 077
老大门逸事 081
搬家联想 084
看　场 088
小山村李百家 091
钓鱼乐情 093
特殊的“收藏” 096
中秋月色清凉 099
端午粽子情缘 102
经典永流传 106
撑起一片爱的蓝天 109
一杆正义与良心的秤 112
肥东的“香格里拉”——泉山 116
炊烟袅袅忆往事 121
黄其中的字 133

第二辑　闪光的日子

从军官到税官 138
闪光的记忆 141
永不褪色的军装 144
军绿色的诗篇 147
探亲假的记忆 149
军营春秋 151
微信捎来的传奇 154
我与“战鹰”有个约定 158
赠人玫瑰　手有余香 161
不曾泛黄的老照片 164
难忘啊！惠州那场聚会 167

后　记 170

第一辑

往事如花

那记忆的味道温暖着我们这一代人的心扉，一幕幕往事好像散落在记忆中的花瓣，永不飘落……

父亲——一座立在我心上的丰碑

父亲在家排行老四，兄弟五人中，他天资最聪明。

我家族祖父兄弟三人，老大马本典早年病逝，未留下后嗣；老二马本谟经商开布行和染料店，家道殷实，新中国成立后土改被评为中农成分；我的祖父马本诰排行老三，一生育有五子。我的大伯年轻时参加新四军江北游击队，1941 年 10 月，他在肥东“桑园突围战”中英勇牺牲，新中国成立后被国家追认为革命烈士；新中国成立前后二伯在含山县做白洋布生意，1960 年病逝（后代仍居含山）；三伯和五叔在农村一生务农，20 世纪八九十年代，他们因病相继驾鹤西去。

我们村上有三支系家族，即“前头门口郢”“西边郢”“后头小郢”。老大门，过去在村上有十多家，多数都是兄弟五人以上（不包含姊妹）。但家庭成员多，辈分高的还算“后头小郢”，这一房分，有一支系兄弟八人，人称“老八房”。过去，每日从老大门进出有几十人，老大门原是五进砖瓦房结构，从一进到五进中间有一条直行通道，有两米多宽，俗称为

“巷子”，从大门直接通至后院，进与进之间的小院子设有排水阳沟，下面铺设青石块可防滑。“老八房”人丁兴旺，开枝散叶茂盛，其成员辈分高，因此受到村上族人的尊重和爱戴。“老八房”有一条不成文规定，即兄弟们分家其门一律朝着巷子开通。现在的“老八房”有很多成员在外面谋求发展，有的成为当地知名的房地产商或其他行业企业家。

过去，村上老年人称我祖父为“三先生”。祖父在当地是远近闻名的私塾先生，对学生要求严格，据村上一位九旬离休老人回忆说，有一次祖父离开学堂一会儿去方便，几个调皮的小男孩就在这学堂互相追逐嬉闹，大小孩用小便桶套住小小孩的头令其不能动，后来为首的小孩被祖父狠狠训斥一顿，在学堂前被罚站几个钟头，中午不准回家吃饭。祖父也算是老马集地区的文化人，1916 年、1948 年曾两次参与马氏续修家谱，并为马氏名人作十多篇传记留存于家谱书中，成为激励族人学习之楷模。

1936 年至 1939 年，父亲在家乡周冲小学读书，1940 年 2 月至 1940 年 10 月参加新四军江北游击总队肥东大队。1941 年至 1944 年 2 月，他在安徽省巢湖黄麓师范求学。黄麓师范是“和平将军”张治中一手创建的，是一所为江淮地区培养了大批教师的学校。1944 年 3 月至 1947 年 2 月，父亲在王铁姜冲、原巢县大庙桥、马集马士龙、马田埠村等地的小学任小学教师，曾一度返乡参加农业生产。

1948 年 6 月至 1948 年 12 月，父亲参加肥东地区游击战，在肥东大队二中队（即二连）任文书、司务长等职。

1949 年 2 月肥东解放，撮镇四大户成立肥东县人民政府。为支援前线大军过长江和恢复生产经费，肥东建立财经领导机构，由韦宾、唐立贤、杨吉平、宣直斌、丁恢五人组成财经委员会（丁恢后来任财税局局长），以韦宾为书记统一领导财经工作，父亲随后调任肥东县工商局任会计。1950 年 8 月 16 日，肥东县政府颁发委任状，由县长唐立贤签署委任状，任命“马宜平同志为第一区梁园稽征所所长”，后来父亲又被调到肥东撮镇、石塘、店埠等地税务所任职，直到 1982 年离休。

父亲一生生活简朴，不为名、不求利，他一心总是为别人着想，关心他人甚于关心自己，对子女教育十分严格，我也在潜移默化中悟到了做人的道理。父亲，在我的印象中很高大，是一位敢于担当、办事说话果敢正直、乐意为别人办事、为工作奉献的人，用现代的时髦话来说，就是帮助别人、快乐自己。现在有时回乡见到家乡的老人，父亲的好处不时有人挂在齿中。

记忆最深的有几件事，一是在 20 世纪 60 年代，父亲在肥东县财贸中学任教时，村上有几位年轻人高小毕业后回乡务农。为了培养年轻人，使他们有一技之长，将来有好的发展前途，父亲回家主动介绍他们到财贸中学学习财务和会计知识，他们毕业后相继成了当地粮食、供销等部门的业务骨干。二是新中国刚成立时各部门人才紧缺，石塘地区被称为“税务干部摇篮”，肥东县财税局有相当一部分干部，来自石塘革命老区，有许多是通过父亲及其他人介绍，采取“一代一路”办法录取。我们村就有多名税务干部，被称为税务部门“三马”

（均任过所长职），但现在世的只有“一马”，已九十多岁。三是20世纪六七十年代，国家物资紧缺，商品凭票供应，父亲利用工作联系面广的特点，主动帮助村上的困难户、五保户解决诸如粮油、生活日用品等困难，渡过暂时的灾荒难关。四是由于新中国成立前父亲从巢湖黄麓师范高中毕业，在当地算是“文化人”，有一定的文化功底和理论知识，而新中国刚成立时，全县招来的税务干部文化基础一般较薄弱。五是父亲到财税部门就任税政股长，税收会计业务精湛，20世纪五六十年代税务部门每年搞春训活动，父亲精心准备做讲课辅导，培养了一大批税收业务骨干，为肥东税收奠定了坚实的税收业务基础。

父亲是新中国成立就参加税收工作的老税干，在工作中也始终恪守德行、守本分。20世纪五六十年代，税务人员生活清贫，工作纪律十分严格。当时一名税干因家离县城较远，又赶上下雪天气，公路也不通车，春训迟报到一天就被开除了公职。过去，税务人员每月报解税款三次，必须风雨无阻，否则就要受到纪律处分或辞退。在农村收税不准接受纳税户的礼物，就连吃一顿便饭也是不允许的，这是我国税收工作铁的纪律。

少年时代，由于受到父辈的熏陶，我虽不了解税收工作的真正含义，但在生活中不知不觉对税收产生了一种兴趣、好奇，渴望将来当一名共和国的税收员。有一年腊月，农村集市赶集的人山人海、熙熙攘攘，我随同父亲像往常一样去赶集。对摆摊设点的小商贩开完税证收税款，恰巧碰到一位卖爆竹的个体商贩，此人与我家有亲戚关系，见到我，当即从口袋掏出两元钱让我买糖吃。这两元钱在当时是一笔不小的数字，被我父亲婉言拒绝，只是依法收其应缴纳的税款。另外，1960 年全社会开展“三反”“五反”运动，有一年冬闲，三伯父家纺织一匹白布在集市上出售，被市场管理人员查获，父亲非但没有为三伯父讲情，还要求他补税，对他处以罚款。因为这件事三伯父多年不理睬父亲，也不来往。父亲从事税务工作几十年，为税清廉，不徇私情，严格执法，不拿纳税户一点好处，这是税收工作纪律的要求，也是马氏家训家风的要求。

父亲，在肥东税收这块园地辛苦耕耘近四十年，在所长这个“芝麻官”的位置坐了多年，但他从不计较个人得与失、名与利，两袖清风花落去。离休之后，他还常告诫我，在税收工作中要严格执行税收政策，不要收人情税、关系税，多收辛苦税。

由于父亲的影响，我与税收结下不解之缘。

1987 年部队精简百万大军，脱下军装转业，我的第一志愿填写的就是税务系统。之后我从部队转业到地方，从事税收工作三十年，从基层到机关，从机关下到基层任职，再次从基层回到机关，多年税收实践不断增长才干。用一句时髦话说，我也算“税二代”吧。父亲曾在肥东的梁园、石塘、店埠三个税务所工作过，我也先后在那里任过职。父亲对税收工作一丝不苟的态度，是给我留下的一生最大的精神财富。从专管员、所长，到分局长，并在税源管理、纳税评估、税务稽查多岗位经受锻炼，我亲身经历了基层税务人为国聚财的艰辛。一分耕耘，一分收获。在税收这块园地里，父亲的言行和思想一直激励我努力拼搏，为国聚财，为税清廉，我从一个税收“文盲”，成长为税收工作行家中的能手。税收工作三十春秋，我将自己工作的点滴感悟全面盘点，先后出版《怀旧的泥土》《旧时月色》《开花的路途》等散文集和论文集，让人生的足迹留下熠熠生辉的文字。

四十多年前，我从学校回到农村务农，当时家住在农村，文化生活单调，也很少与外界人打交道。1976 年冬，我光荣参军入伍，来到伟大祖国的南疆雷州半岛。远离家乡，书信伴我行，刚到部队，我就写信向父母报平安，将一路上所见所闻一一记录下来。那时，运送新兵的专列是锈迹斑斑的闷罐车，车厢内又黑又脏，缺少光源，每节车厢有二三十名新兵，随身携带行李、生活用品，休息睡觉等均在车厢内，每到一站停靠的时间较短，各个兵站仅供应临时饭菜，新兵在上车时每人发给一个军用茶缸，刷牙和吃饭“两用”，途中我几次因为动作太慢，等到盛第二缸饭时，哨声吹响，只得跑步集合上车。新兵连集训生活非常紧张，部队流传一句名言：“新兵信多，老兵病多。”刚到军营，每天集训结束，只要回到营区，第一件事就是找文书打听有无家信来。在部队，家信是父亲给我写，父亲的字写得很工整，从不潦草。每次收到家信，他都鼓励我在部队好好干，严格遵守纪律，一切行动听从指挥，吃苦在前，享受在后，努力学习文化知识，学习过硬的军事技术，当一名好兵。

家信是一部个人的史书。父亲的家信，不但要求我努力学习文化知识，学习军事技术，更多地教会了我如何去做人做事，如何去克服困难、从容面对挫折。那时，收到来自千里之外的家书，别提心情有多么高兴了。

如今，我离开部队军营三十多年，于两年前光荣退休。是部队培养了我，是军营锻炼了我，至今我仍保留着家父为我书写的一百多封家信。那厚厚的家信是我取之不尽、用之不竭的营养源泉，家信将伴随我度过余生的美好时光！

屈指算来，父亲离开我们已有十多个年头（他于公历2008年3月19日病逝），但他那慈祥的笑容仍在我的脑海中萦回，也时常在我梦中浮现……

我的母亲

可怜天下父母心。

普天下的父母，没有哪一个对自己儿女不无时地牵挂着，但儿女对父母的孝心却是微不足道。在那特殊困难年代，人们为了窘迫潦倒的生活颠沛流离，彼此无法顾及。其实我也如此，对家庭过去的事情知之甚少。从记事起，我也曾留意过，不时在脑子里提出一些疑问，设法启发母亲，了解母亲的一段段往事，读懂她内心的世界。也许这是一种责任吧，否则不知哪一天，等到母亲真的年老了，叶落归山，离开这大千世界，我会因没有完成心愿，而感到遗憾和自责。

村庄是古老的，一般多以姓氏为纽带形成血脉体系。我们村上有三支系家族，“前头门口郢”“西边小郢”“后头小郢”。我们这一支系在小西份自然村是小辈分，按传统的推算方法是老大房，但是祖上曾六代单传，直到高祖父时才有兄弟三人，人丁兴旺，开枝散叶。因家庭辈分低，我父亲在家庭排行老四，村上长辈们不管大人或小孩都亲切地称母亲为“四姐”。几十年来，母亲都未曾向我们谈及她的过去，我也不知向谁去打听。虽然每次在家拉家常，总带着一串串的疑问，但也不知道从何处打开她的话匣子，让母亲娓娓道来。父亲是肥东本地人，从小随祖父读过私塾，巢湖黄麓师范毕业。曾当过教书先生、打过游击，新中国成立后又在县政府上班。而母亲则是蚌埠铁路老工人的子女，家庭出身贫寒，从小生活在滁州沙河集、全椒等地，两人如何走到一起，没有一个人告诉我真实的情况。

母亲今年92岁，已是鲐背之年，二十多年前，她因患有白内障，在安徽省立医院眼科做过手术。随着年龄的增大，其视力越来越差，去医院诊断，经过检查医生说不能再动手术，否则手术后眼睛就有可能失明。经过家庭成员的反复研究，征得专家医生的意见，最后还是放弃手术，按照医嘱平时滴一些眼药水保守治疗。

老家的房子是20世纪70年代初建起的，多年失修已成危房。2002年中秋，我从石塘调到梁园税务分局工作，随之把父母亲从老家农村接到县城，让他们居住在两室一厅的房子里。父亲于2008年3月因脑出血病逝，享年84岁，母亲仍独自居住在原来的房子里。平时，我和妹妹每星期分别去两三次，帮助她打扫卫生，买一些日常用品或食品，冬天晒被褥，夏天买西瓜。好在我与母亲住处离得比较近，就隔一条宽阔的马路（店埠公园路），上下班的时候去也很方便，因此我常常忙里偷闲，抽空就去看看，与她拉拉家常。有一年夏天天气炎热，我们家庭做出一项决定，在母亲室内安装一台格力挂式空调，让她享受夏日的一丝清凉。

母亲在家里常常谈及我小时候的生活经历，我也就顺便问起母亲过去的家境。她说祖籍是安徽省最北边的宿州地区，1937 年外祖父随难民逃荒到滁县沙河集便停下来，在铁路上当工人，在她 10 岁时，外祖母因肝腹水病逝，时年 30 岁。一年后，外祖父以 8 块大洋将她卖给滁州全椒一位姓刘的大家当丫环（旧社会受剥削阶级役使的女孩子）。母亲说，刘家在滁州当地名气甚大，有权有势，家中雇有佣人、管账及教书先生十几人，家主人于新中国成立前夕病逝。母亲在刘家生活十多年，主要是伺候太太、少爷、小姐的生活起居，新中国成立后刘家逐渐衰落，母亲因此离开刘家。她在刘家带大的几个孩子新中国成立后都相继参加工作，有的在北京，有的在合肥——老大刘建林从北京调到哈尔滨文联工作，老三刘新龙在北京原轴承厂工作，1988 年给我们家来过两封信件，问及母亲的情况，我也及时给予回信，后来因工作忙失去联系，估计早已过上退休生活，他最小弟弟小名叫毛毛，在合肥工作，与我们家没有联系。母亲时常念起刘家人品好。

大约在 1952 年，滁州地区税务局干部金某租住刘家的房子，一个偶然的机会，母亲与金某相识，并成为他家的雇工。1953 年母亲随金局长来到肥东，在他家打工干活，每天管饭，另给发几块钱零花。当时我父亲也在肥东县税务局工作，金局长把母亲介绍给我父亲，那年父亲 27 岁，母亲 23 岁，就这样她在肥东安家扎营。

原先，我们全家都是商品粮供应，父亲从税务局调肥东财贸中学任教务主任。那时，国家政策宣传干部家属下放回农村，减少城镇的商品供应压力，母亲响应号召回到老家马集小西份三队劳动，我们家商品粮供应关系就此脱节。那一年，由于肥东境内连续几年的严重干旱，有的地方甚至粮食绝收，家中无粒米之炊，很多家庭都无法生存下去，我家庭处境更是困难。在蚌埠铁路上工作的舅舅听说这件事，通过一个在滁县地区工作的同学，再通过其他关系介绍，于1961年春天，将我们全家迁徙至滁县沙河集油坊村临时安顿下来。我们住的当地外出村民的闲置房，没有窗户，没有门。滁县沙河集那边四周是山区，山上的狼经常下山光顾村里，对家庭、小孩造成威胁，母亲也十分害怕。当时的生产队还不肯接收我们这样的家庭，因为人家要的是壮劳动力，之后通过反复协调才勉强接收下来，但要承诺暂住时间不得超过三年。那边生活条件比肥东好，人少农田多，只要肯干活，参加劳动，就有饭吃饿不死，生产队长为每户在粮站开设购粮小本本。由于我们当时年龄尚小，母亲一人支撑着常日繁重的体力劳动。她是起早摸黑，追着日和月，不管刮风下雨都得下地干活，一直咬紧牙关熬到了1962年下半年，等到秋收结束，粮食归仓，把粮食拉到当地沙河集粮站兑换粮票，我们全家才回到肥东老家。

1962年初，我们离开肥东老家时有宜德、宜伦伯父等送到撮镇乘车去滁县沙河集。由于小孩有好动的习惯，当时大雪纷飞，我饥饿交加，在站台上走动险些被撞倒。同年夏季，在滁县沙河集油坊村，由于天气炎热，大人们都在田地里干农活。傍晚时分，我在离家不远的水塘边洗脚，由于水塘石板边绿色青苔较滑，不慎掉入水中，后被大小孩发现，回家叫人，才得救。据说当时我已沉入水底，是村上一位外号叫“王麻子”的约四十岁的中年男子下水把我救上来，并及时送到村上医疗室进行压腹排水才脱离危险。等母亲下工回来已到天黑，我独自一人坐在漆黑的门前土凳上发呆，这件事至今仍萦绕在我的脑海中。参加工作几十多年来，我一直设法去故地寻找昔日的救命恩人，但又不知此人的通讯地址，据我舅舅讲此人已经过世了，又因自己工作太忙一拖再拖而耽搁，最后不了了之。未能去看望、报答救命恩人，现在已成了我最大的遗憾。

从滁县沙河集回到老家，我们临时住在老宅，因是土坯墙不久就倒塌了。说来也巧，由于村上一位远房本家外出巢县那边做生意，他愿意把房子临时借给我家居住，我家终于有了落脚的地方。此房子闲置了多年，年久失修，土坯墙小瓦房屋质量较差，常常是外面下大雨，屋内下小雨，一家的大小盆罐全部用上接雨水，仍然还不够用。有时夏季下大暴雨，我们一家人只能坐上一夜，在这破旧的房子里一住就是十几年。

那时，盖房子谈何容易：一是没有钱，二是木料、毛竹、瓦等建筑材料计划供应，三是家庭无劳动力干活人少。钱的问题相对还好解决，可以向同村的亲戚们借一点，但建筑材料就很难办了，在计划经济时代，购买什么都要凭“票”，即使有钱也买不到建材。后来多亏了我舅舅帮忙，他在蚌埠铁路工作，认识的熟人多，门路也广。他通过同学在铁路上购买了十几根废料，从蚌埠运至肥东撮镇，再通过关系从江南买几十根毛竹。瓦匠活都是请村上亲戚做，木工师傅从外面请来。在当时，请人干活只管饭不付工钱。由于家庭资金困难，有两间房子用毛竹当行料，屋面用纸箱盒代替，以节约芦席。就这样总算盖起了五间土坯墙房子。房子经受了三十多年的风风雨雨，我们兄弟姐妹长大成人，中途也进行多次维修。最大的一次是在20世纪90年代，用几根木料支撑，把四周的土墙换成砖墙。后来由于家中无人居住，房屋地基下沉严重，一下雨屋内就积水，墙体四处开裂，老宅已经成了危房。

一开始，母亲对农村的锄地、割稻、插秧等农活一窍不通，一切从头学起。20世纪六七十年代，在生产队集体化体制下，我们兄弟姐妹都在学校读书，家庭没有壮劳力，家中有重活只能请人代劳，记得村上长辈马盛宏是家中干活的常客，经常帮我们家庭干重活。那时母亲在生产队只评7.5工分，5人只有一人挣工分，每年家中都要透支100多元（就是生产队分粮油要用钱买），粮食常年不够吃，冬天有时一天只吃两顿。

岁月流逝，时过境迁，母亲在肥东这块肥沃的土地上生活了六十多年。一个外乡人，在肥东举目无亲，但她心灵手巧，在农村，母亲不但学会干各种农活，还发挥了自己的一技之长。那时，在广袤的农村会裁缝手艺的人很少，过去母亲年轻时学过裁缝做衣裳技术，对邻居、村上家庭小孩需要做衣服，有求必应，而且从不收工钱，有的邻居主妇想学习缝纫，母亲就手把手地教会。2002年我们回到县城后，住在店埠供销系统的二楼，与楼道邻居从不认识到相识，母亲始终与邻里和睦，和大家友好相处。

年复一年，探亲访友，人之常情。母亲年轻时，不管是刮风还是下雨或冰天雪地，每年都要回娘家蚌埠一趟，因为这唯一的亲戚（弟弟），也是她的生活期盼，她往往住上三五天又匆匆赶回家中。那时候，从老家出发去桥头集乘火车都是徒步。有一年春节，母亲从蚌埠回来正赶上一场鹅毛大雪，傍晚，远看一片白色茫茫大地望不到边，只见绿色幼芽麦苗刚露头，看不见路便无法行走，她在康集村路边一位老大娘家锅灶旁坐了整整一夜，第二天才回到家中。随着岁月流逝，年龄的增大，她年老体弱，有时几年才去一次。现在不但眼睛不好使，而且行走也不方便，屈指算来母亲有 18 个年头没有去过蚌埠了，只是在每年春节用电话与舅舅取得联系，互祝平安，不过舅舅今年也有 87 岁了（原来居住的蚌埠铁路宏叶村已拆迁，现在由其子女轮流赡养）。

重新翻盖村庄里的房子也是母亲的一桩心愿，否则原来房子破损不及时去处理，或倒塌，或伤人，让别人家看起来是一片荒草地，家境无人显得凄凉，这在农村是一种不吉利的前兆。2007 年初，我们家庭做出重要决定，分别向生产队、村委会、镇政府提出申请报告，在老宅地重新盖几间房屋，并在此留一块宅基地，让家庭香火世代相传。我与一个堂弟马先杰签订一份工程承包协议，由他承建，具体负责盖房的质量及工程进度，但是包工不包料，水泥、红砖、木料等由我自行采购。动工时，正值清明前后，天天阴雨绵绵，延误了工期，房子拖延两个月时间才竣工，人工各种费用花去 4 万多元。

过去，我每次回家都会去田地里走走，看看绿色，看看村落的房屋，看看村口周围小河的流水以及水塘、道路的变迁，看看家乡的浪坡塘，回想我青少年时代的生活。1974 年我从学校回到农村，在村子里参加生产劳动，去全椒驷山扒河，上浮槎山耙草，钓泥鳅，挖黄鳝等。现在同村的伙伴也相继走了四五人，和我一同成长的女孩有的远嫁他乡了，有的四十多年都没有见上一面。村上五十岁以下的男女一般我不大认识，因为我从村上出来当兵时，他们只有十来岁。村上男人们外出打工谋生，又成长起来的小年轻人，他们的面孔曾相见却陌生，常常相见却只是身体愣愣擦身而过。现在，每逢年节，或冬至、清明等时节，我都回到家乡，为已故的爷爷、奶奶、伯父、叔叔以及姐姐上坟烧纸（姐姐的墓碑于 2012 年冬至立起）。

俗话说：家有一老胜似金宝。只有父母健在的家庭才是完整的家。母亲因眼睛不好、走路不方便等原因，还没有回老家看过翻盖的新房。在老父亲病逝之后，政府劳动保障部门给母亲每月 1450 元工资；80 周岁以上的老人，每年政府会发高龄补贴；去年是抗战胜利 70 周年，政府给予离休干部遗孀补贴 8000 元。现在她生活基本安定，虽上了年纪胃口不太好，一般每天吃上两顿饭，但身体其他部位无大碍。由于过去生活的习惯养成，她早睡早起忙里忙外，一辈子粗茶淡饭，无事在屋子内转转，或看看电视上的地方庐剧节目，听听小广播消磨时光，平安幸福度晚年。

如今的村庄，夜晚静悄悄，有的户门几年紧锁着，只剩下老人与留守儿童。昔日与母亲一起“日出而作，日落而息”

的老人们，如今他们大多数都远离了这个世界，生活在“天堂”那边……

我的母亲，乐于助人，与人为善，吃亏在前。虽然她做的小事平凡，但平凡中透着一种中国农村妇女的善良与美德。

愿母亲：福如东海，寿比南山。

大　姐

大姐马金林出生于新中国成立的1949年10月，与我是同父异母的姐弟关系。由于那时新中国刚成立，国家百废待兴，各种物资十分匮乏，大多数农村连续受到干旱或水灾的影响，有的地区粮食几乎绝收，老百姓忍饥挨饿。父亲是1948年底从新四军江北游击队转至肥东解放成立的县政府财税部门担任会计，那时他忙于外面工作奔波，无法顾及家里的琐事。母亲与父亲离婚后，开始几年，大姐由父亲支付生活费，由她母亲暂时抚养，后来父亲将生活费断掉，大姐回到小西份村却无人照管。鉴于此种情况，父亲将大姐托付给大伯母照管，以后她又分开单独生活几年，这在她幼小心灵留下难以弥补的创伤。大伯母家也有三个小孩，因大伯于1942年在肥东战役中牺牲（新中国成立后政府追认为革命烈士），家中无强壮工劳力，常常因无粮食，大姐饿一顿、饱一顿，从小营养不良，身材比较矮小，她也没有上过学堂，几乎文盲，直到20世纪60年代国家落实扫盲政策，她才在本村上了几天夜校。

20世纪60年代，父亲从税务局调到肥东财贸中学任教，在经济上犯了一点小错误，后被搁职下放到巢湖某农场劳动，母亲带着我们姐弟三人下放，回到老家小西份村（取消吃商品粮供应）。后来落实相关政策，父亲平反又回到税务部门工作。当时家乡连续几年干旱，家中无口粮，后来通过蚌埠舅舅找同学的关系，于1961年春天，我们全家迁至除县沙河集油坊村临时落脚。1962年秋收结束后，将收成的稻谷卖给当地粮站，兑换粮票又一次返回老家故地。

这时候大姐经过长辈们做说服工作，她自己愿意回我们家庭一起生活。在家只干三四年农活，1972年她通过媒人介绍，嫁到西山驿桑园一个偏僻的小山村——周集，这个村庄没有瓦屋，全是一片草屋，是当地一个比较穷的村庄。大姐的老公公周正衡，过去做白布生意，与父亲多年交往情深，因此他才同意这门婚姻，姐夫周从禄兄弟五人，家中唯有三间草屋，两间小厢屋，是当地地道的贫下中农家庭。

记得大姐结婚那天，我前去送亲，上午酒席只有四大盘菜，客人不够吃，也许这是源于当地喜事“四大盘”风俗习惯。

大姐一生养育两男三女，家庭小孩多，负担重，过着传统式“面朝黄土，背朝天”的生活。周集自然村人多田地少，不过姐夫年轻时学有一手弹棉花手艺，人称“弹棉匠”，每年的腊月间，农村办喜事的人家多，帮助加工被弹絮，赚到一些钱补贴家用开支，供小孩上学。如今五个小孩相继长大成人，大女儿嫁在肥东本地，三女儿和四女儿分别嫁到青岛、庐江，小儿子排行老五，中专毕业工作几年，后来嫌工资收入太低，一纸辞书从单位辞职下海，在广州市某市场做皮革销售生意。小孩们在外打工拼搏多年，靠一双手勤劳致富，目前，皆有一份稳定的工作收入，家庭都有车有房，过着城里人殷实的生活。

大家庭刚过上好日子，原本大姐、姐夫在家享享福，颐养天年，可是“天有不测风云，人有旦夕祸福”。姐夫不幸生病，住院近一年时间，后查出患的不治之症——白血病，于2016年6月间回老家周集，因受凉感冒引起心脏并发症去世，享年73岁。逝者如斯夫，至今过去三年时间了。

今年初，听说大姐不愿意在县城生活，2019年11月21日上午我驱车前去周集村探望。到村是上午八点多，各家各户都是铁将军把门——门紧着，走了几栋平房，好不容易找到一位农村大姐，向她说明来意。她说你大姐去河埂那边栽油菜了，我说那路不熟悉可能找不到，你能否陪同我一道去一下？她说不行，家中有事太忙。当时，天空中下着毛毛细雨，这天气最适宜庄稼人栽油菜，我也不想去打扰大姐，一时索性打道回府，在回去的路上我有意将车调头，抱着侥幸心理去看看，当车子刚驶行几分钟，不远处有个矮小的身影蹲在地上，我一眼看出就是大姐，将车子开过去，给她一个大惊喜。这时大姐正弯着腰在栽油菜，沟边放着两个浇水的小塑料桶，我与她寒暄了一会儿，将带去东西放在她家大门里面，叫她回去时不要忘记收取，并留下几百元钱让她赶集买一点肉吃。大姐挽留我到她家吃午饭被我谢绝了，我调头一路顶风回到店埠。

大姐比我长8岁，如今已71岁，看上去很沧桑。她家在农村有四间砖结构房屋，有一个独立农家小院。在县城本来小孩为她购了一套70多平方米楼房，但她不愿意在县城居住，也不愿意与大儿子一起生活（大儿有三个小孩），她离不开生活一辈子的乡村，一个人过着传统式乡村生活。她说县城生活不习惯，也不自在，还是农村自由，有时在自家田地种菜或庄稼不着急，也能锻炼身体。这种老人生活模式正是新中国同龄人，或20世纪四五十年代出生的这一代人的生活缩影。那个年代，他们什么苦味未曾品尝过、经历过，幸运的是遇上国家改革开放多年，经济建设的飞速发展，享受改革开放带来的“红利”与果实，农村这块天地他们深深爱着，一刻也不愿离开生养的故土，在心中永远打上生活的烙印。

一朵过早凋零的花

三十多年前的往事又一次浮现在我眼前。记忆是一口幽深的水塘，上面漂满了凋谢的花瓣，而我的姐姐是其中最美最惊心的一朵，多年后，一直散发着淡淡血色光芒，让我在每一个回忆的瞬间都会生出难言的悲伤……

姐姐离开人世间已经 42 年了。

从我记事起，姐姐就十分疼爱我，对我也特别好，在生活各方面给予我关心。就说日常吃饭这件小事吧，她的饭量不大，母亲平时给好吃的零食，她只吃下很少一点，剩下的全都塞给了我。姐姐比我大三岁（1954 年 9 月出生，属马），但她身材瘦，力气小，身体不太好，平时稍有劳累就会流下鲜红的鼻血，感到全身无力，因此家庭的一些重体力活，我都乐意去做，主动去承担。

我兄弟姐妹四人，弟妹年龄尚小，唯有姐姐和我年龄大一些，在一定程度上能为家庭承担一些家务活。当时，父亲在肥东县税务局一个基层税务所工作，很少得空回家看望我们。母亲是地地道道的农村妇女，心地善良，担负起家庭五口人的生活料理重担。她既要参加生产队的劳动挣工分，放工后又要忙于繁重的家务活，因为她文化水平较低，在家里很难有针对性地对我们进行教育。那时我才 10 岁，由于对当时社会状况不甚了解，更没有什么认识，家庭的教育在一定程度上就是空白，无论书本知识还是社会知识都懂得甚少。但姐姐就不同了，那时她虽只有 13 岁，但她聪明好学，在上小学时学习成绩就很好，常常受到校长的表扬，她懂得的社会上的事确实不少，讲话办事有条不紊，也乐意助人，尊老爱幼，帮助邻居小孩或同龄人辅导学习，对长辈很有礼貌，见面常称呼问好，受到村里人的一致赞扬。

那时，我家吃饭人多，劳动力少。父亲在县里工作，母亲一个人挣工分，很难维持全家人的生计，生活十分困难，每年在生产队都要“透支”（即拿钱买粮食）。在冬天，一家人每天只吃两顿饭，一顿稀饭，一顿干饭。为减轻父母亲的负担，我和姐姐主动为家庭分忧，干一些力所能及的家务活。姐姐常常在外面割草、挖野菜、搞柴火，我也常常与小伙伴们背起粪筐走村串户拾粪挣工分。就这样冬去春来，年复一年，不知不觉度过少年时代，高小毕业了。

我上初中时，与姐姐同在马集中学（1970 年，肥东长临中学部分迁移组建），她读初三，我上初一，我每天早晨起床后总是把水缸挑满水，并把家里打扫干净，有时把中午家里要吃的青菜从地里挖回来洗净，然后才去上学。学校离我们村庄有六七里远，我们中午一般在学校搭伙不回家，午饭后就在校园转转。大部分同学都在午休或在球场玩，但我时常透过初三教室的窗口看到姐姐一个人坐在教室里孜孜不倦地温习功课。初中三年的每次考试，姐姐各门功课都是班级前几名，连续两年被评为“三好学生”，并光荣地加入了中国共产主义青年团。一年的时间是短暂的，转眼间，姐姐初中毕业了，考取石塘中学高中部，在该校读书半年，因该校教育质量不高，父亲托熟人将她转学到县城的肥东中学（今日肥东一中）。在姐姐上高中的两年间，我仅去县城看过她一次。因为课程多，学习生活紧张，还要参加学校劳动，加之学校离家较远，乘班车又不方便，姐姐的大部分时间都是在学校度过的。每年的寒暑假我们也很少见面，她留在店埠做合同小工，挣些钱交学费。因此，我对她思想变化了解不多。

1974 年，姐姐高中毕业，我也中学毕业了，都没有正式的工作。为减轻家庭生活负担，我们回乡参加农业生产。虽然工分低，但才开始我们都觉得新鲜，劳动起来干劲还是蛮大的。可是随着年龄的增长、时间的流逝，目睹社会不正之风盛行，姐姐的思想开始有波动，情绪也慢慢低落下来。她对自己的前途感到渺茫，失去生活的信心和勇气。父母亲也没有及时给予引导指点，在家庭琐事上姐姐常与母亲争吵，母亲性格也不好，两人互不相让，母亲常讲一些本来不应该讲的话：“找不到工作，我有什么办法呢？你可去……”致使家庭母女之间小矛盾不断加剧升级。

记得有一天午睡起床，我发现姐姐与母亲争吵后把房门关上，不久房间内就传来一股煳烟味，我就推开房门，看到她正在烧初、高中毕业证件及一些生活照片，当我用力推开房门时，这些东西已全部化为灰烬。姐姐是一个性格内向、比较要强的人，我怕说出此事会伤害她的自尊心，再说母亲知道此事肯定大发雷霆。因此，这件事说到口边又收回去，现在回忆起来真是后悔莫及，在当时我们应该等到她冷静下来，多与她加强沟通，也许会对转变她的思想认识起到一定作用，也不至于酿成后来的悲剧。

时隔不久的一个下午，1976 年 6 月 6 日（农历五月九日），我听说姐姐又与母亲争吵后，跑到大伯母家大哭一场，很是委屈，临走还特意把自己精心制作的花巾交给大伯母的儿媳王华菊大嫂，并说了一句话："这东西留给小群作为最后的纪念吧！"我从外面赶回家，知道她去华菊大嫂家，就直奔过去，问明情况。大嫂说你姐姐回去了。我心想她是不可能回家的。那天，天空中下着毛毛细雨，泥泞路滑，因为是阴雨天，天黑得也快，我也顾不上吃晚饭，就去堂兄先贵四哥家商量此事，我们分成两组找遍村庄附近所有的水塘均无下落，我与先贵四哥从马集回来，对重点可疑的水塘又去一遍，可是事情偏偏就是这么巧，就在离我家不远的二队小坡塘，北边生长着一排密林刺槐树，晚上在大路上看去是黑黑一片，这个水塘其他人去找过，我们就没有去了，谁知这小坡塘就是她最终归去的地方。

第二天，我和先贵四哥找到姐姐的几位同学，询问我姐姐是否来过，结果是都说没有。那时，地方的通信条件极其落后，马集人民公社只有一台手摇电话与外界联系。第三天早上六点钟，我就起床步行赶到马集，趁广播站没有播出之际，在马集打电话给父亲，问问姐姐是否去他那儿（当时父亲在店埠区众兴公社搞路线教育宣传队）。我打过电话从马集回来，路过小西份村二队小沙塘，看见刺槐树边不远处，姐姐的遗体已漂浮在水面上，我当时算了一下，遗体已在水里泡有两天两夜，这时的时间是 1976 年 6 月 9 日（农历五月十二日）。发现这一情况后我失声痛哭，凄惨的哭声在静静的晨空中回荡，乡亲们闻声从四面八方赶来，堂兄先植二哥不顾一切跳下水把姐姐遗体从水里打捞上来，由亲人们把她身上泥土洗净，重新换上一套衣服，把她的遗体装进棺柩内，当日上午就安葬在家乡小西份村下冲的一块空地上。姐姐就这样含着泪，带着心中的怨恨和不满，带着遗憾离开了人间，年仅 23 岁。

时光的风吹去多年，我怀念的颜色依然没有褪去。天堂的姐姐，你还好吗？

2012 年冬至，我把姐姐坟地从河埂先桥兄地皮处迁至家族集中坟墓地，与爹、奶、大伯、三伯、五爷在一起，并为她立了墓碑，让思念永驻人间。

围巾的故事

父亲，离开这个大千世界已经有十多个年头，但他那慈祥的音容笑貌仍不时在我眼前浮现。

20世纪60年代初，国家一穷二白，我们家响应国家的号召，为减轻政府商品粮供给负担，下放到农村劳动，就父亲一人留在税务局。那个年代，各种物资非常匮乏，供给一律凭票证。记忆中，70年代上中学，我身量已长成大人，一年四季很少做衣服，常常穿着父亲改制的旧衣服，也很乐意。记得有一年夏季，一件西装裤衩和短袖白衬衣，经母亲巧手改裁后给我穿很合身，我将衬衣系折在西装裤衩内，走在乡间的小路上很是神气，像是城里穿着的“小青年”，不时得到大人长辈们投来的欣赏目光。

20世纪70年代中期，我中学毕业参军入伍来到空军部队，满服役期回乡探亲，将多余的军装捎回来给父亲。空军服装上绿下蓝，布料为上等的迪卡，父亲穿着空军的冬式服装，像是一位戎马生涯的老兵，一下年轻十多岁。

俗话说，铁打的营盘，流水的兵。1987 年部队精简整编，我结束 12 年军营生活，转至地方税务部门工作，继承父亲的旧业，肩负为国聚财的历史重任。那时，正赶上税务部门执法发放税务制服。按照服装发放相关文件规定，税务人员每两年发一套服装，大衣四年更换一次，我将多余的税务制服让给父亲穿。从部队转业到地方，税收工作 30 年，从基层到机关，从机关下到基层任职，再次从基层回到机关，我在多年税收实践中不断增强知识才干。我从税收专管员，到所长、分局长，并在税源管理、纳税评估、税务稽查多岗位经受锻炼，亲身经历了基层税务人为国聚财的艰辛。

2008 年，父亲因脑出血在县中医院病逝，根据父亲生前的遗愿，死后不贴讣告，不搞遗体告别仪式，丧事一切从简，按照当地民风民俗习惯，长者逝去，凡是父亲生前用过物品一律焚烧，化作尘埃，一切随仙逝者而去。但我唯独留下了父亲曾戴过的一条长长的灰色围巾，十多年来，每当严寒料峭的冬天，或工作学习，或出差在外，我从不忘记将围巾戴在身上，不时感到一股股暖流流向全身……

病房里盛开的春天

每个人都希望自己有健康的体魄，渴望自由、幸福。然而人一生吃的是五谷杂粮，免不了发热生病，需要住院求医治疗，与医生护士打交道，与病人家人交朋友。

人们常常看到一种现象，殡仪馆有多忙，妇幼保健院就有多忙，这两个地方是人生终始的驿站。生老病死，是一个人必须经历的一道门槛。

父亲是新中国成立后参加革命的离休老干部，2008 年初，因脑出血后遗症，在肥东中医院住院几度处于昏迷，在一个大雪纷飞的夜晚转至省立医院，经过急救室组织抢救，拍片 CT 检查显示，脑部多处出血，并有血块形成，当晚住院，并几次下达病危通知书，由于手术后情况恶化，又住进重症监护室，经医生护士精心治疗和护理，一周后稍有好转才回到普通病房。

父亲住院时，我还在工作岗位上，家里只能派出一人来医院守护，另外请一名护工协助，我唯有双休日或请假前来探望。

医院是一个小社会，聚集人生百态；医院也是人生大舞台，演绎着人世间许多的悲欢离合。我父亲住院期间，病房发生过几件小事，也为病房增添了一道靓丽的风景线。病房共有四张床位，几位病友及家属与我素不相识，他们有的来自其他地区，或城市，或农村，虽然患有不同的疾病，但他们积极乐观向上、纯朴可爱，有一种战胜病痛的勇气和信心，并且团结友爱，积极发扬一人有困难、大家齐帮忙的协作精神。记得那时，我父亲住在10楼病房，要做各种检查项目时，要将病人用车推到楼下才行。有一次外面下着大雪，楼道地板比较滑，当时就我一人在，病房其他几位陪护家属，听说我父亲要去一楼做CT拍片复查，主动伸出友爱之手，有的帮助我推车，有的跑前跑后帮忙拿衣服，或去药房取药，这一切令我十分感动，感觉他们不是亲人胜似亲人，以后病房有事情我也乐意去帮忙。一次，有一位三十多岁的病人，由于在工地操作中不慎将右腿摔骨折，肿痛难忍，急需拍片寻找病症原因，他的家人临时有事不在，我就主动找来推车，在其他人配合下，我将那位病人背上车推到楼下拍片，最后确诊是有一片小碎骨所致，病人家属知道此事连连向我致谢。

众所周知，安徽省立医院在当地就像北京301医院，医院各科门类设置齐全，在安徽省内及附近地区，一般疑难杂症病人都前来就诊。这里医风医德高尚，蔚然成风，医院做到送红包不要，请客送礼不到。半个月后，我父亲病情趋于平稳，转至肥东中医院养病休息。安徽省立医院，不但为我父亲延长了生命，从这里我还感受到人世间的温暖，大爱无疆。父亲出院后，我也曾留下同病房几位朋友以及主治医生的电话号码，可是后来，由于工作忙，家庭琐事多，或更换手机，与他们失去联系，相信他们一定健康、幸福、快乐地生活着。

好人一生平安！

梦里水塘

水塘，往日灌溉农田庄稼，饲养鱼虾，供村上的女人们淘米洗菜、洗衣服。

俗话说，一方水土养一方人。我们村在家乡算是较大的一个村庄。原来有三个大生产队，上百户人家，清一色姓马。20世纪六七十年代，每个生产队建有三四口水塘，灌溉村上的几百亩农田，养育村民的子孙后代。听长辈们讲，几十年来风调雨顺，旱涝保收。那时的水塘，是人工挖掘，一般建在路旁或水沟边，都有名字，如大柳树塘、老官塘、小庙塘、墩子塘、浪波塘等。每个水塘都有着不同的传奇故事。水塘周围栽满柳树、槐树，或其他树木，它们依水而立，婆娑摇曳，婀娜多姿，成为水塘的标志性景物。从远处向水塘一眼望去，水塘周围披上厚厚绿装，犹如一层层绿色屏障；冬季雪天塘边银装素裹，景致十分迷人。

那时候，村庄大人小孩都喜欢去墩子塘游玩。早春，女人们来水塘边洗衣或淘米。鱼被惊动，一个转身，便搅动了水面的平静，泛起一圈圈的涟漪。这个墩子塘水面广大，塘的墩子是开挖时自然留下的，塘墩子比塘水平面高出许多，上面各种树木郁郁葱葱，有鸟群筑巢，有时还有野鸡野兔来此躲藏或寻食。夏天，村上大人及小孩乐意来此游泳，或观赏夏日美景；寒冷冬天，水塘上面结实冰，自然形成一个天然溜冰场。

20世纪六七十年代，村民们的生活很清苦，但乡邻和睦相处，互助友爱。早晨、午后或傍晚，水塘的洗衣唱歌声、打鱼声、喧闹声响彻天空。春天，是水塘放养鱼苗的时节，村民义务割下田埂的杂草喂鱼，逗贪玩的鱼群寻食。夏天，男人们收工归来，披上大毛巾，一个猛子扎进水塘，游上几圈过瘾，再擦洗身子，洗去尘土与疲乏。晚上，当月亮挂在树梢时，村民摇着蒲扇来到塘边树下纳凉，男人在一边抽着卷烟聊天，女人拉起家常，欣赏天空升起的一轮圆月……

水塘是村民幸福的源泉、生活的乐园。春天，大人忙里偷闲来钓鱼，小孩坐在一旁观看，有时也用一根线，扎一条蚯蚓，钓一种不用钩就能钓上来的小鱼。村民盼望到年底丰收，也是一年的捕鱼时节。那时，分配按工分值或按户头，鲤鱼、草鱼等大小搭配，分到各户。一部分过年自食，另一部分招待来拜年的亲戚朋友。

有一年腊月，为了清理塘里多年的污泥，加固塘埂和涵洞，村里几个大汉把塘水用抽水机抽干。那是全村人的盛大节日。干塘后，人们把需要喂养的鱼过塘，剩下的按大小或品种搭配，一户分一份，其余的小鱼小虾任人捞取。在泥水里，男女老少互相爬滚狂欢的场景，让人难以忘怀。

秋天，坐在塘边刮蛋聊天，偶尔风荡过水面，层层波纹闪着金光。偶尔有鱼跃动，发出一声声响，即刻又无声无息。水塘的静，既是一种美，也是一种平和的人生境界，它能沉淀尘埃，过滤杂质，使亲近它的人心变得宁静，变得平和。梦里水塘，那是记得住乡愁诗意的远方。真想时光倒流，回到天真快乐的童年，再看那一汪碧水，照进白云蓝天，那么静，那么清，那么美。

如果岁月再回到从前

如果时光能够倒流的话，再回到从前，一切如旧，从前所有的一切再次重演，我会从点滴碎片中明白其重点，不害怕生活受到折磨和打击，心中不存空虚与埋怨，让我视线的余光看得更远、更远。如果再回到从前，给我一点自由寻找的空间，我不会轻易许下诺言，不会为谁而把自己改变。在社会生活中，历经生活的考验和挫折在所难免，我会始终坚定，期待着明天的晨曦……

回忆过去的一些经历，做自己想做的事，比如度假旅游、垂钓、登山、参加战友聚会、外出采风等，这样能更好地释放压力。做自己感兴趣的事，只要自己认为是对的，有利于家庭和社会，有利于自己的身心健康，那就没有一点遗憾。

一个人从呱呱落地到童年、少年、青年、中年、老年，平安快乐健康，平淡度过每一天才是幸福。一个人到了一定年龄，或离岗，或退休，心存一种怀旧感，最容易梦见以前发生的各种琐事，或最感动的事。有的事竟然也想不起来，或许此生想做但没去做的事太多了，竟然无从说起，无从下手。梦想的激情已过去，剩下的是无尽的无奈、痛楚、不愿失去的时光。握住时光不让它轻易流逝，奈何心里的那一点点火光已消尽，有的心愿即使用一生的努力，也无法完成，生活像一把无情的刻刀在我们脸上留下永久的伤痕，当初的梦想实现了吗？有的已经实现，有的成为一种遗憾。

我们是20世纪50年代中期出生的人，我们这代人什么都赶上了，我们不能只拿着逝去的旧时光来祭奠它，也不要气馁，一切向前看，开拓视野，要学会感恩，感恩我们处在伟大变革的新时代。就自己而言，我走进绿色部队军营锻炼，从而改变了自己一生的命运。有人曾说过：没有梦想、没有追求的人跟咸鱼有什么区别呢？

在生活的远行中，我们怀着异常兴奋激动的心离开了家乡，离开了亲人，离开了父母；在远行中，我们经过很多引人注目的风景，想要驻足观看，留下永久的纪念；在远行中，我们经历了社会这个大染缸的洗涤，心境不再纯净；在远行中，我们的棱角已被磨光；在远行中，我们越走越远，离家越远，离心灵越远；在远行中，我们到了退休的耳顺之年，归家侍候父母，含饴弄孙……

生活的阳光仍然照耀着我们这代人，因为我们经历了共和国的苦难与民族的振兴，我们要重新抬起头，昂起胸，阔步向前，重拾我们在远行中遗失的纯真、兴趣、童真、梦想，希望若干年后，有人问起，如果再回到从前，你有遗憾未做的事吗？我会坚定地回答，只要努力尽到做人的责任，那就无怨无悔。

粉红的诗篇

春天，桃花缤纷。当一缕阳光暖暖漫过，和煦的春风柔柔拂面吹来，那些粉的花、白的瓣、黄的蕊，春雪般片片飘落。记忆中的桃花便在脑海里盛开，仿佛嗅到缕缕芬芳，一朵朵桃花悄然绽放。

爱上桃花，源自四十多年前的乡村生活。20 世纪 70 年代初，农村还是集体经济，农民的生活，全靠贫瘠土地里的那一点收获。那时，为壮大集体经济收入，生产队长大胆召开队委会，决定从外地引进优质经果树苗，便在生产队河堤边上种植了十多亩桃树。几年后，桃树开花、结果。每当桃花盛开的季节，总是吸引数十里邻村大人小孩，前来驻足观赏。为防止小孩进桃园玩耍碰掉桃花瓣，或桃子成熟时被偷摘，生产队选派人员看管桃园，我有幸成了当时的一员看管。从此，喜欢上了桃花。后来，我离开了看管的桃园，真的走了一阵子“桃花运”。那年十月，我实现了梦寐以求的夙愿，来到绿色军营，来到中国的南大门——雷州半岛。

爱桃花，心中多了几许明媚；爱桃花，梦中多了几许灿烂；爱桃花，生活多了几许情调。

改革开放四十多年来，肥东大地掀起种植桃树热，几十亩、上百亩以上的桃园比比皆是。我先后参加了三官、马湖、响导等地举办的大型桃花节，收获颇大。

阳春三月，草儿绿得鲜亮，树叶儿翠得娇嫩。不时有可爱的蜂儿、漂亮的蝶儿，在花间草丛中飞舞，还有那北归的燕子，在天空中快乐地翩跹。人的心儿也如这三月的暖阳，明媚惬意。漫步桃花丛中，被美丽多姿的桃花所陶醉，目光刹那停留在一排桃树上，摄入眼眸的是别样的美丽。桃树手牵着手一字排开，稠密的枝条上缀满粉白的花朵。那小小的花朵偏偏喜欢凑热闹，挨挨挤挤、密密匝匝，一簇簇、一堆堆，满枝花团锦簇，满树芬芳娇艳。融融暖暖的光影下，灿若天边着了浅粉轻纱的云朵，团团可爱，片片迷人。诱惑我风一般地走到它们面前，还没等脚跟站稳，就迫不及待地牵过一枝桃花，尽览它的芳容。朵朵花儿绽开粉嫩的笑脸，一阵微风吹过，那精巧的花瓣，宛如万千纤小玲珑的蝶儿翅膀，轻轻扇起无尽妩媚，悠悠传送缕缕馨香。在这春意盎然的季节，在这姹紫嫣红的日子，意醉神迷间，仿佛置身在世外桃源，因此，我也把心中的爱，永远奉给了桃花。

每逢桃花盛开的日子，喜悦也如这花儿般在心里开放。春风裹挟着花香，肆无忌惮地拽着我的衣角，奔跑在桃花盛开的地方。在桃之灼灼，芳菲浸染的世界，整个人如痛饮过千年佳酿，沉醉其间。那满树的娇媚，不要多久就会隐去。想那桃花只艳了几日，却烂漫了人们一年的记忆。那飘落的缤纷，恰似我如翼的思绪，带着美好憧憬与渴望，在春风中升腾盘旋、堆积沉淀。对桃花的喜爱，已在头脑中深深扎根。

又是一个和风暖阳生机勃然的季节，欣喜地盼望着，心中最美的花朵，在蓝天白云下绽开绚烂的笑脸。就让那醉人的色彩，渲染肥东人的日常生活吧。

三月桃花开，幸福迎春来。

简单生活就是快乐

《平凡的世界》是社会认知度较高的一部作品，观看后我的心情久久不能平静。故事叙述的是20世纪70年代中期至80年代初期发生于陕西西北农村的脱贫故事。人无贵贱之分，人的一生就像这本书一样，不在于结局如何而在于过程是否精彩，人生应该要像主人公孙少平那样，对待生活从来不低头，不断地去探索和追求，在命运的道路上走出一条让人点赞的人生之路。

在那沟壑纵横的西北黄土高原上，生活着那一群黄土般朴实的人。平凡的故事同样演绎着精彩，平凡的双水村也有精彩的篇章。每当月光洗尽铅华，悬挂在永不褪色的深蓝天幕，轻轻地泻入千家万户。那里的人站在山头眺望，一束束黄昏的光从每一个窗口射出，凝思着那每一个窗口下聚着的一家人，每一家人都上演着一个不一样的故事。

“劳动就是幸福”，这句话有一定的生活哲理。由此，人们就会想起那故事中的孙少平，想起他在煤矿工作时干的那些又苦又累的脏活；想起大风大浪过去后，这最朴实的充实自己的方法。看到这一句话，或许也会想起孙少安那个13岁就辍学、帮助家中维持生计的少年。原来农民的想法是多么简单，那么纯朴，那么可爱，他们不求天不求地，只求那面朝黄土、背朝天，一辈子的辛勤劳作，用血汗的浇灌几亩薄田，让田间长出养家糊口的粮食……对于他们来说，简单生活就是快乐。

年轻人的爱情是以微笑开始、以吻生长、以泪结束；你出生的时候，你哭着，周围人笑着；你逝去的时候，你笑着，而周围的人哭着。一段家史能给一个人烙下深深的烙印，生活只不过漫漫长路上无数瞬间的拼合。“情”是那永远不会脱落的黏合剂。少安和少平的手足情深，是少安润叶的两小无猜，是润叶向前的苦苦真情，是少安秀莲的情窦初开，是少平晓霞的海誓山盟……让那里所有的人所有的事都在现实面前屈服，所有的爱所有的情都在世俗封建里脱胶。把生活摔得七零八碎，一片片跌落尘埃。

世上没有永远的幸福，也就没有永恒的痛苦。幸福全靠一个人勤劳双手去创造。生活就像双水村的流水，不紧不慢地哗啦流着，失落顺水流走了，幸福也随波飘远了。闭上眼，就似乎能看到那一年一度的热闹如春节的打枣节，那红火劲竟压过中秋、端午。那一天，双水村的人们似乎忘掉了一年的烦恼和忧虑，在山林间随意吼着两声信天游，打下一粒粒肉厚核小的大枣子，笑着、唱着、闹着。这时的双水村，似乎连空气都弥漫着甜甜的枣香，弥漫着幸福生活的味道。

不知哪位诗人曾经说过：“爱在左，情在右，走在生命的两旁，随路撒种，随时开花，将这一路长径点缀额花香弥漫。”年轻人总觉得生活美好又富有梦幻，就像保险箱里的光芒四射钻石，当伸出手指时，触碰的只有一片冰凉。一切美好的可望而不可即，愿天下有情人终成眷属。可那历史的烙印是牢不可摧的保险柜，是打不穿的思想桎梏。少安与润叶，那一对双水村里青梅竹马，成年后就因为身份的不等生生把思念埋葬。孙少平和田晓霞这对抱负远大的知识青年，在一起谈理想、论希望，在一次抗洪救灾疏散群从中，田晓霞为抢救一名小女孩被滚滚洪水吞没，留下那充实着精神生活的信物书籍，一本本精致的爱情日记，无不寄托着浓浓深情。茫茫天地，芸芸众生，平凡的世界，孕育着不平凡的人。

一个人要知足常乐，宽容大度，什么事情都不能想繁杂，心灵负荷显得太重，就会怨天尤人。要定期对自己的记忆进行一次盘点删除，把不愉快的人、恼烦的事从记忆中摈弃。人生苦短，屈指算来不过三万多天，金钱是身外之物，财富地位都是附加的锁链，生不带来死不带去，简单的生活就是快乐。

人生健康才是最大的自由。人生有没有成就都是相对的，健康生活才是幸福，重要的是能展示你对人生的态度。道路曲折时，静看人生云卷云舒；生活失意时，静品命运苦乐韵味；人生腾达时，静听生命辉煌乐章。人生既平凡又高尚，在黑暗中坚定信念信仰不动摇，才能让前行的脚步更轻盈更稳健！

一个人从呱呱落地那天起，就注定了要走一条自己的路，有的很长，有的很短，有的成功，有的失败，有的大成大败、千转百回。其实，不管你走怎样的路，到最后都会空空而往。淡定是一种好心境，只有那些心态平和、成熟沉稳的人才能做到；淡定是一种大智慧，只有那些理性从容、不骄不躁的人才能做到；淡定是我们获得幸福、快乐、成功的一把金钥匙。

一个人自从来到这大千世界，对待自己没有正确的认知，不相信自己有平凡的力量，就更不可能赢得别人的信任与尊重。在自鞭自抑之中，完全地迷失自我，这几乎成了必然的结局。唯有勤奋经营，不断追求自己的人生梦想，通过学习掌握过硬的综合本领，正确地认识自己，提高提升自我价值与自我形象，才有可能让沉睡的能量醒来，才能创造完全不同寻常的美好生活。

我们这一代 50 年代中期出生的人，多数人在农村生活，或从城镇上山下知青，或招工或当过兵，或 1977 年参加国家恢复高考……那时国家一穷二白、各种物资匮乏，许多人与《平凡的世界》故事的主人有同样的生活经历与遭遇。那个年代，全社会掀起“农业学大寨”“工业学大庆”“全国学习人民解放军”热潮。我从学校回到农村，每日过着“日出而作，日落而息”的乡村人生活，但是从不甘沉落，坚定思想信念不动摇，坚信每个人都有不平凡气质与潜能，能通过自身努力创造出不平凡的人生。一个好的人生需要你自己去创造、去拼搏，命运负责洗牌，玩牌决定胜负的是我们自己。

一段芬芳的回忆

逍遥津公园南大门，是一座高近十米、三开间、牌楼式的仿古大门。大门上方一块古色古香的牌匾上书“古逍遥津”四个鎏金大字，出自清朝状元、宣统皇帝溥仪的老师陆润庠之手。

进入公园，首先映入眼帘是一尊持枪跃马的张辽青铜塑像。塑像高达 5 米，底座上标有“威震逍遥津”五个大字，塑像周围绿树环绕，游人不多，显得安静。抬头仰视，塑像目光如剑、凝视远方、表情严肃，似乎眼前正在发生一场激烈的厮杀，仿佛隐约听到古战场上兵器交接声、马蹄声和双方士兵的呐喊声。一尊铜像，将人们带入古时魏、蜀、吴三分天下的时期，让我们领略那弥漫硝烟的古战场……

逍遥津历史悠久，是三国时期的古战场之一，因三国时张辽威震逍遥津的故事而闻名。罗贯中在《三国演义》“曹操平定汉中地，张辽威震逍遥津”一章中，生动地描写了这一历史上以少胜多的战例，并以一首“的卢当日跳檀溪，又见吴侯败合肥；退后着鞭驰骏骑，逍遥津上玉龙飞”的七言绝句，对当时的战况生动再现，高度赞扬了张辽的骁勇。

逍遥津公园呈扇形铺开，由水系自然分割为东西两部分。东园水域丰富，逍遥湖水面开阔，凭岸临风，只见湖面波光粼粼、游船游荡，湖岸花香袭人，柳丝拂浪。湖中有三个岛屿，最大的一个岛上建有一座金黄色琉璃瓦双重檐亭，这就是逍遥墅，湖岸与岛有石桥相连。最小的那座岛，叫“螺”岛，还有一岛相传为张辽衣冠冢，岛上绿树成荫，景色宜人。西园绿荫覆地，亭廊曲回，疏影横斜，曲径通幽，给人以步移景异，闹中取静之感。

逍遥津公园主干道两侧是各种游乐设施及儿童乐园。作为合肥市和外地青少年游客来肥游玩的首选地，这里不仅有旋转滑梯、大象滑梯、跷跷板、秋千等多种游乐设施，还有自控飞机、旋转电马、电动火车、电动小汽车、空中自行车、碰碰车、双人飞天、海盗船、飞椅和急流勇进等科学性、艺术性与趣味性相结合的各种游艺机械，从而构成了一个开放式、多层次和立体化的游乐世界，若你涉身其中，惊险刺激，妙趣横生。

逍遥津公园，老合肥人（含三县县城居民）娱乐、游玩、休闲融一体的场所。20 世纪七八十年代，社会倡导“农业学大寨”“工业学大庆”“全国学习解放军”，工人忙做工、农民种地搞“双抢”，多收粮食支援中国革命和世界革命。在城市，即使双职工家庭，平时为生活奔波的上班族，忙里偷闲，唯有节假日，才挤时间带孩子或父母去逍遥津玩一趟。县城的居民到合肥乘坐循环大通道客车，长丰人还要乘火车，至于偏远乡村的农民来逍遥津公园，只是梦中的一种向往与追求，可望而不可即。

记得1979年3月回乡探亲，返回部队去合肥火车站购票，我第一次来到逍遥津公园，当时游人较少，对逍遥津的古文化理解浮浅，也只是走马观花罢了。第二次是20世纪80年代初，从部队军校毕业分配其他部队，回乡探亲与女友来到逍遥津公园。那时，人们逛公园购连票，一般从早上开园直至下午，游玩一天才依依不舍地离开。

1987年，我从部队转业到地方，在县城某单位上班，自小孩学会走路，高小毕业之前每年都来公园一两次。屈指算来，这些年，来逍遥津公园也有十多次。那时代，被逍遥津公园独特的美丽风光所陶醉，小孩度过那天真烂漫童年，我也从青年逐步走上中老年。翻开保存三十多年几本厚厚的影集，有小孩童年天真的倩影，有与爱人在湖桥墩上的合影，有绿荫草坪上留下的全家福。如今退休含饴弄孙，享受健康快乐的晚年生活，其乐无穷，悠哉！

随着时代发展和城市变迁，合肥正向现代、信息化、科学化大都市拓展。逍遥津正唤醒广大市民、游客对合肥逍遥津公园的一段美好回忆和渴望，从一个侧面反映往日逍遥津热闹与宁静。在人们的记忆里，逍遥津公园的那温情瞬间，怀念的那些人、那些事，那些生活经历，逍遥津正通过这个带有时代发展情感载体，向人们诉说那一段段往日的故事……

逍遥津，合肥人心中永久性的记忆。它作为合肥开园时间最长、最具历史文脉和人文情怀的公园，逍遥津公园留下了数代合肥人的美好光景，流淌着许多的欢乐故事。逍遥津那往日生活的大乐园，收获了年轻时的快乐、爱情与亲情；逍遥津素称“三国故地”，收获了对古文化知识理解与兴趣，开阔了视野，仿佛《三国演义》中古战场就发生昨天。

飘香，肥东大地试灯粑粑

我们国家幅员辽阔，人口众多，由于气候、地域、风俗、人们生活习惯等差异，东西南北中，形成了不同的民风民俗，各具特色。

江淮地区肥东素有玩龙灯的习俗，正月十三试灯、十四起灯、十五正玩灯、十六圆灯。过去庐州人正月十五闹元宵，一般家主都要早起，男女老少还要净面，然后点燃火红的大对烛，插上檀香，挂上灯笼。早餐一定要吃糯米元宵，有的还在元宵里包上铜钱，大人吃到预示着今年一年都财运亨通，小孩吃到则会学业进步。庐州与别的地方不同之处，从正月十三开始吃试灯粑粑，到晚上就点起了灯笼，手艺精湛的还会把灯笼扎成动物的形状，甚至让里面的画面动起来，俗称“走马灯”。

肥东历史悠久，文化底蕴深厚。东居皖中腹地，安徽省会合肥的东大门，东望南京，南滨巢湖，西融合肥，北襟蚌埠，既有“吴楚要冲、包公故里”的盛名，又有“襟江近海、七省通衢”之美誉。地方特色小吃甚多，素有名扬四海皆天下之称。由此人们自然会想到“梁园二绝”狮子头、小鳖，以及撮镇“公和堂”狮子头、大麻饼等。有一些地方小吃看起来不起眼，其背后隐藏着一段段耐人寻味的传奇故事，就像肥东流传民间的试灯粑粑，它包含着肥东一代代人的复杂情感。

古老习俗　民间传说

试灯粑粑，是肥东颇负盛名的传统小吃，距今已有近千年的历史。相传，唐代时候肥东一代称为“慎县”，古时节日期间，“慎县”各地举行玩龙笼集会活动，家家户户门前大门上挂一对大红灯笼，家中摆上香烛、各种贡品，燃放烟花爆竹，迎接“龙”来游玩。男女齐上阵，挑选青壮年组成挥舞龙队，其他人分别举着龙灯跟在后边游走。为纪念径河老龙，把农历正月十三日至二月二日定为“龙灯节”。在玩龙灯期间，人们常制作一种用来迎龙祈雨祭品“福物”，祈求来年庄稼风调雨顺，五谷丰登，六畜兴旺，老百姓过上幸福安康好日子。许多人大老远从其他地方来参与这项活动，并带上一些小吃。由于这类小吃是在舞龙灯时食用的，久而久之便名为试灯粑粑。直到今天，每年春节过后，肥东的家家户户都会做试灯粑粑来招待亲友。

在古老的中国大地，“二月二”均有祭祀龙神的岁时节物。据《京华风俗志》云：此日饭食，皆以“龙”名，如饼谓之“龙鳞”，饭为之“龙子”，面条谓之“龙须”，饺子谓之“龙牙”。肥东的试灯粑粑就是一种“龙鳞”。江南一带还流行吃“撑腰糕”，即是将年糕切片用油煎食。以笔者之见，江南的油煎年糕远不如合肥肥东的试灯粑粑有益健康，有“吴中竹枝词”作证：“片切年糕作短条，碧油煎出嫩黄娇，年年撑得风难摆，怪道吴娘少细腰。”

试灯粑粑在肥东人心目中的地位，与除夕夜年饭桌上的“大元宝”（糯米圆子、挂面圆子、豆腐圆子）不相上下，人人爱吃。每年从正月十三开始，不仅家家做，而且一做就是几十个，甚至几百个，一次吃不掉，留作以后慢慢吃，或蒸着吃，或直接放在火上烤着吃，或馈赠亲朋好友。这种美食在肥东店埠、石塘、梁园、撮镇、长临、众兴等地，作为地方一种特色食品精心打造，一如我们传承祖先的血脉一样，生生不息，代代相传。

在肥东乡下，关于试灯粑粑也有另一种说法。农耕时代，没有化肥农药，田地水沟到处都有泥鳅、黄鳝、螃蟹、蛇类等，它们恣意横行，农家人水田埂到处被打洞漏，田地里水关不住，水稻受到干旱威胁，庄稼收成不好。于是在龙灯节，人们祈福风调雨顺的时候，也祈福不要有田漏子出现，人们发明糯米粑粑，一方面祭拜这些小神仙不要来打洞，另一方面用这些糯米粑粑堵田地漏子，由于糯米粑粑黏性大，泥鳅、黄鳝、螃蟹、蛇类等钻洞钻不通就此罢休了。

地方特色　精湛工艺

俗话说：一方水土，养一方人。江淮肥东地区很早就有玩龙灯的习俗。但玩龙灯不是谁有钱想玩就玩的，过去，只有肥东枣巷埠的玩龙灯不违制！据史料记载，肥东周边也只有枣巷埠有龙灯。明朝时期，家住定远的宋晟，在合肥当官，看到撮镇是个青山绿水的好地方，便举家迁来。宋晟一生共育七子，有两个儿子都做了明成祖朱棣的乘龙快婿，四子宋琥娶安成公主为妻、七子宋瑛娶咸宁公主为妻。当时玩龙灯只是在家族内部玩，出灯后凡宋氏家族每户必到，家家在大门外设立香火案，摆放各种祭祀品，恭迎龙灯的到来！封建社会龙是帝王所专属，恭迎龙灯也是恭迎皇上！

在巢湖岸边的肥东长临河一带，至今流传正月十三做试灯粑粑的习俗。有民俗专家考证，这种习俗的形成，可能与玩龙灯有关，玩灯是力气活，体力消耗较大，在粮食不是很充足的年代，玩龙灯者多数为男士，一般数小时玩下来，体力消耗殆尽，玩灯的人不来点“硬头货”没有力气，也玩不出各种精彩的花样来，而糯米耐饿，粑粑食用方便，久之便形成与玩灯相联系的食品——试灯粑粑。

同时在肥东周边巢湖黄麓一带，还流传这样一句话：新媳妇，不用夸，就看十三做粑粑。由此可见，巢湖黄麓人对做粑粑的重视程度。做粑粑是黄麓人家庭一年中大的事之一，男女老少皆上阵。每年正月十三，嫁出去的女儿往往会提前回娘家帮忙，为家中父母亲备料：筛米、淘米、泡米、舂米面等。

做粑粑的水不用家中水缸里的剩水，要在大清早到村外水井或河中挑水，回家烧香上供之后再将水倒入水缸，叫作“引田龙”，表示迎龙神求雨水祈丰收之意。接下来，备料、烧水烫面、做粑粑、蒸炕等，全家老少齐上阵才忙得过来。

做粑粑馅配料十分讲究，不同的粑粑馅香在空气里弥漫，鲜香四溢。家主要根据不同人群的口味，馅的主料有油菜、荠菜、萝卜、霉干菜、鸡爪菜等。做粑粑，一般会提前一两天把菜洗净，用开水烫一下，挤净水分，切碎备用，再把咸肉切成丁，用菜油或花生油炸至金黄，加入手工制作的千张干子、碎红辣椒后，倒入准备好的蔬菜翻炒，最后淋香油起锅。

做粑粑和面，是最具技术含量的一道程序。先将面粉放在大铁锅内，用柴火烧将水分炒干；同时，把水烧开撒入加工好的籼米（不是糯米）面，面和水按一定的比例，整个过程不能翻动，待面全部撒下后，用筷子捣孔，便于热气上升。这个过程烧锅很有讲究，火大了容易结底糊锅，小了容易造成生熟不均、没有黏性，做出的粑粑不好看。粑粑加工过程既容易学会又比较复杂，目前市场或超市里很少有卖的。肥东人做粑粑不仅是自己食用，更主要是用来馈赠亲朋好友。经过一道道程序精心制作的粑粑，赠送出去的不仅仅是地方传统习俗，更包含一份浓浓的乡情味。

包馅是个技术活，也是一件快乐的事。全家老小及邻居围坐一起，其乐融融，谈笑风生，包馅就在说笑间轻松完成。不同的馅在做好的粑粑外面注上标记。通常由熟手来做，因为米面少劲道、易破裂，面皮包得越薄越见功夫。

粑粑包好，最后一道程序就是蒸粑粑，俗称炕粑粑。炕粑粑也很有乐趣，将大铁锅注入小半锅水，水线以上一层层贴粑粑，然后盖上木制闷盖（形似倒扣的木盆），在灶下架柴火猛烧，待锅内水将干，发出噼里啪啦声响时，粑粑也在半炕半蒸中成熟。炕好的粑粑下面有一层厚厚的焦黄的壳，外焦里香，文火慢烧，食之可口。

食用粑粑还有讲究，一般头锅炕熟的粑粑，应先供灶王爷，然后才能取食及馈赠亲友。以后每次食用前，贴在铁锅里文火加热，可以保持酥脆清香的风味，或直接用微波炉加热。粑粑皮薄馅大，松软易破，一般是盛在碗里用筷子挑着吃，那碧绿的馅散发着荠菜的清香、腊肉的咸香和干子的豆香，油润暄软，以素为主，老少皆宜，即使多吃几个也不会伤食。

淮军将领　爱国情怀

肥东是李鸿章的淮军诞生的摇篮（长临、众兴两地人居多）。李鸿章出生磨店乡祠堂郢村（今日群治村，现划为合肥新站经济实验区管辖）。他招募肥东、肥西、巢湖等地民团创建了淮军。其中，肥东四大家族，有李鸿章、张绍棠、郑家、吴毓芬兄弟，他们带领肥东无数好儿郎东征西杀，保家卫国，淮军名垂千史。昔日肥东好儿郎外出征战，总要带上粑粑作为干粮，因为粑粑方便易带，保存期较长，煮好后冷着可以直接食用，还可以在火上烤着吃，那是最香醉酥。据肥东淮军将领张绍棠的后代、淮史料研究专家张国松介绍：从 19 世纪 70 年代以后直至 19 世纪末，淮军逐步成为清朝的主要国防力量。肥东籍将士英勇善战，不怕流血牺牲，因此，许多人受到李鸿章的赏识提拔和重用，先后有 32 人当了提督，63 人当总兵，86 人当了参将。安徽历史文化研究中心主任翁飞曾经说，淮军“总体上是功大于过，过不掩功”，“40 年间打了五次战争，真是不容易。前两次是内战，后三次抵抗外敌入侵；中法战争、甲午战争、抵抗八国联军入侵，淮军将士从总体说，打得非常勇敢，涌现出许多可歌可泣的英雄事迹和英雄人物”。

1895 年，李鸿章外甥张文宣在中日刘公岛海战中与丁汝昌等一道自杀殉国，为表彰张文宣的英勇就义，皇帝特谥武毅公，并赐白银 800 两，世袭骑都尉加云骑尉世职。另外，当皇帝听说张文宣死时身上还怀揣着半个老家试灯粑粑，他非常感动，特地赐予花墩圩一对大花灯，彰显思乡卫国精神。逢年过节，花墩圩都会把那对御赐的大花灯拿来挂在大门上。久而久之，花墩变为花灯，众兴乡花灯中学，众兴乡花灯社区的得名由此而来。当然，这个说法的真伪还无从分辨，却给“花灯”这个名字，增添了不少传奇色彩。

“花墩圩”现在还能看到四周的护城河，其占地约 50 亩，曾有内外两道护城河，在护城河内有 12 幢气派的楼房，圩子内古树参天，其中不乏名贵树木。从此，众兴乡一带的试灯粑粑比别的地方更多了一层历史含义，每年农历正月十三，这里家家户户早早准备做粑粑的各种馅料。

当众兴乡家家在做试灯粑粑的时候，相隔几十里的长临人也都制作粑粑，这两地粑粑做法各具有特色，同样有着非凡的意义。1894 年 7 月 25 日，丰岛海战，日军偷袭我高升号运兵船，船上官兵誓死不降，用步枪奋力还击，日军施放鱼雷，炸沉运兵船，造成淮军将士 871 人壮烈殉国。这些牺牲的官兵多数来自肥东长临六家畈一带，据说船上的肥东官兵都非常爱吃家乡的试灯粑粑，一段时期，试灯粑粑作为高升号船上的主食。噩耗传来，六家畈人悲声震天，按照当地民风习俗，家家挂招魂幡、在正堂香案板前摆上试灯粑粑等贡品以祭奠亡灵。此后，年年清明节这里人群聚会热闹非凡，各家都做有试灯粑粑，一直沿袭至今，昌盛不衰。

如今，肥东长临河古街修建如旧，有博物馆，有 100 多年保存完好的邮局，有吴家旧居等呈现在人们面前。这里的大街上，长年都有设摊摆点卖着粑粑。有兴致的游客常常到此逗留，一是询问师傅粑粑的材料及馅的来源，二是探访粑粑配料烹调及保存方法，三是了解有关粑粑历史传承及民间传奇故事。一番交谈，此后捎上 10 个、20 个、30 个，甚至带更多回去品尝或送人，感受肥东大地古老食品的传统美味，他们或许还没有意识到，这些粑粑，也是淮军将士们奔赴沙场随身携带干粮之一。

糯糯甜甜元宵节

身处春节热闹喜庆的节日场景，脑海中常常浮现出一幅古旧的画面，在不曾泛黄的记忆里，是那些曾陪伴过童年、少年的时光点滴。小时候，渴望过年的心情是那么强烈，穿新衣、吃美食、放鞭炮，似乎成了那个年代小孩特有的诱惑。民间有一句俗语“小孩盼过年，大人忙做田”，这是那个年代真实生活写照。大年初一穿着新衣裳，大人给小孩压岁钱，寓意小孩岁岁平安；年初一开大门，隔着门缝挑着竹竿放起的鞭炮，噼噼啪啪响彻天空；成群结队上门给长辈、亲戚拜年，互祝新春吉祥；大年初三，由村上的海报指南，观看村与村的篮球比赛、看唱戏、听说大鼓书……那场面人山人海，里三层外三层；有村庄大、人口多的家庭，由长辈将四方大桌摆放正堂中央，先由长辈做东先推牌九，同姓氏晚辈纷纷上桌压钱，推家若赢得钱，在场未参加大人小孩均得一份“头子”。

俗话说，“吃过十五元宵饭，敞头去大干”。只有过了元宵节，年的气氛才渐渐淡下来；只有出了正月，年味才算萧然已尽。此期间，从大年初一到正月十五，人们时时沉浸春节的祥和气氛中。城乡一派节日生机，处处洋溢着喜庆的快乐，人们走亲、访友、拜年，结伴旅游观光，互动娱乐，享受着春节家庭团聚带来的喜悦，也将传统的年俗文化演绎到极致。

春节已过，但热闹的年味儿并没有戛然而止。大街小巷，道路两旁整齐悬挂着的一排排红灯笼、大红“中国结”装饰，公园里熙熙攘攘悠闲踏春的人群、各地踊跃开展的民俗文化活动，将传统的中国年渲染得异常喜庆。

正月十五闹元宵，更将年俗文化推向高潮。在城市，公园观灯展、猜灯谜、各种文化演出精彩纷呈；在乡村，更是一派喜庆，传统的赶庙会、扭秧歌、踩高跷、跑旱船、唱大戏、舞狮子等节目热闹非凡；新时代气息浓郁的乡村游，也成了元宵节期间，人们非常热衷的好去处。随着乡村振兴脚步的加快发展，越来越多的特色乡村美食、人文历史故事等被挖掘出来，各地打造深厚的文化底蕴、传统特色浓郁的典型样板，成为一颗颗点缀在时代画卷里精彩亮点。

元宵节民间素有“小正月”“上元节”之称，且有着悠久传说。相传在远古时代，天庭的一只神鸟被人间猎人射杀而亡，天帝由此迁怒世人，准备在正月十五这天放火焚烧人间；后来人们得知消息，群策群力应对，决定在正月十四、十五、十六这三天内，家家户户挂红灯笼、点鞭炮、放焰火……最终，人们用这种方式成功迷惑了下凡放火的天兵，从而逃过劫难。所以后人用挂灯笼、点鞭炮、放焰火的形式，纪念新的一年第一个月圆之夜——“元宵节”。

少年时代，对于“元宵节”有着极其深刻的记忆：元宵之夜，手中打着点亮的纸灯笼与小伙伴一起走街串巷，异常欣喜。那时候，小孩没有更多的节日玩具，灯笼上面贴上“欢度春节”“元宵节”或红双“喜”字，便是乡村小孩子们心爱的节日礼物。灯笼外框用竹篾编作支架，外面用白纸糊制而成，集市上有卖，能工巧匠可以自制。灯笼形状各有差异，底座中间有小铁片做成的蜡烛托，放置点燃的红蜡烛，用一根小竹竿将灯笼上方的细铁丝缠绕挑起，一个氤氲着朦胧光影的灯笼熠熠生辉。一时间，灯笼上的图案被灯光一一渲染，在地上晃动成魅惑的影子，一群小孩夜晚在村口、巷尾或街头上走来走去，炫耀着各自的灯笼，成为元宵节一道靓丽的风景线。

当然，除夕或元宵之夜打灯笼，还有一句谚语：三十晚打灯笼——照旧（舅）。

过去的乡村，春节、元宵节来临，若能买到一盏自己喜欢的灯笼，可以与小伙伴们互相炫耀、玩耍，在那时是一件非常开心的事。当然若将灯笼玩坏了，篾卡还另有其他用途，等到春夏之初，用线拴住篾卡穿上蚯蚓，用作饵去水塘、小沟里钓泥鳅，将钓来的泥鳅，用家乡的手工挂面煮上一锅泥鳅面，鲜美极了。后来，这道菜成了家乡餐桌上必备的特色佳肴。

据史料记载，元宵燃灯的风俗起自汉代，唐宋时得到进一步发展，明清时期各地灯会活动已经达鼎盛。

家乡洋蛇灯产生于肥东包公镇的大邵村。相传元明之交大邵村的邵姓婆媳为躲避元兵而藏身山洞，元兵发现两人后欲行不轨。此时一条数丈长的白蟒飞下山崖，惊散元兵逃遁，婆媳因而得救。90 天后，媳妇生下一子，起名“思明”。当思明 18 岁时，母亲告之其事，邵氏家人认定巨蟒是“东海蛇神”。为感念其救命之恩，思明遂扎小洋蛇呈上香案祭祀。明正德三年（1508 年），邵思明第六代孙邵从富始创洋蛇灯，玩耍祭祀。村上人起名“洋蛇”，意指巨蟒为海洋中的蛇神。由此开始，洋蛇灯在大邵村的邵姓族人中世代相传。

洋蛇灯制作工艺复杂，有一整套绑、扎、凿、勾、翘、压、衬的方法，通过老艺人的口传身授加以传承。蛇身以竹篾为骨架扎成鳞状，外蒙白布，不绘鳞。夜间燃点时，蛇腹内烛光照耀，白布上出现鳞纹。蛇眼也用蜡烛点亮，看去活灵活现，气足神韵。在大邵村，每过 18 年才会将灯取出玩赏一次。初玩时只有几节，每次玩赏都要增加一节，每节长 1.6 米。目前洋蛇灯长度已经达到 104 米。

洋蛇灯表演中有“长蛇出海”“走径折”“摇大车”“四蟒翻身”“盘宝塔”等舞蹈动作，以锣鼓和民间礼炮“三眼铳”伴奏，主要乐曲有“长槌”“十番”等。现在，洋蛇灯已成为大邵村居民欢庆元宵节的一项重要活动，独特的舞蛇表演别具魅力，深受城乡人民的喜爱。

随着国家对传统文化保护和传承工作的推进，越来越多的民俗文化展览、文化小镇、乡村美食、传统庙会等独具特色的民俗活动走进了人们的视野，丰富国人春节、元宵节文化生活大餐，也带给人们一种古朴与现代交融、传统与文化并重的思维和视觉冲击。

俗话说：一年之计在于春，一日之时在于晨。那些记忆带着画面渐行渐远。元宵佳节后，人们将精力投入到学习、工作和生产之中，同时期待着来年的元宵佳节。

近年来，提倡低碳生活，综合治理大地空气污染，春节、元宵节燃放爆竹、烟花活动也逐渐取消，城市乡村一片宁静、沉寂。记忆里的元宵节充满美好的回忆，如今的元宵节，依然会成为未来日子里的美好回忆。社会在发展进步，经济不断向前发展，科学信息化的春天来临，任何事物都遵循着一定规律在改变和更新，或许今非昔比，但传统元宵节的习俗将亘古不变，人们对于美好生活的追求、期盼，将一如继往。

哦！糯糯甜甜元宵节。

赶 集

赶集市，也有“赶山”“赶场”之称，是一种民间风俗，是在中国农村长期存在的一种定期聚集进行商品交易的活动形式。

“集”有集市、集镇的意思，指定期或临时买卖货物的市场。集市，古代也叫“墟市”“集墟”。“集”含“人与物相聚会”之意。到集市买卖称“上集”“赶集”，到集上随便看看称“逛集”“赶闲集”。在我国西部陕南区称赶集为“赶场”。大型的集市也叫“会”，如“物资商品交流大会”。

赶集，这种生活习俗自古以来有之。追溯其发源，何时间形成无法去加以考证。其主要原因还是依照当地的民间风俗习惯，在当地经济发展，原始积累尚不发达的时期，通过人群分布、居住、交通、自然环境等综合情况调查，由所在地方绅士或家族族长们，或有几个大姓氏的代表牵头，他们相聚集在一起研究商讨，以农历日期为准，最后定下逢集的时间，逢集时间一经定不得轻易更改。集市的设置以人员分布疏密和流动量为主，有的地方定10天逢四集，称作二四七九、三五八十；还有的地方定双号即逢集，称作二四六八十；也有的地方穷乡僻壤人员稀少10天逢两集。不过有一条不成文的规定，双数为逢大集，单数为逢小集。一般而言，相邻两地逢集日期在制定时要相互错开。肥东西山驿与昂集两地相隔不远，昂集的繁华是从乾隆年间开始的，当时这里逢单开集，与相邻的西山驿站逢双开集遥相呼应。如此有利于采购时物品更加集中，更加便捷。

逢集时，买者卖者从四方北方云集赶来，购买家中需要的生活用品。古语云：乡僻之地，贸易有定期，到期买者、卖者四方云集一地，每逢集日百货俱陈，四远竞凑。大到牛马牲畜、蔬果米粮，小到一应生活日用品应有尽有，如衣料、油、盐、酱、醋，耕地用的锹、锄头、犁、耙等农具。

随着社会的进步，经济建设不断发展，集市也更加繁荣。过去，农民赶集时机是选择性的，一年四季随着气候而变化。春天，人们踏着晨曦明亮的露珠去赶集；夏天，看着东方的太阳尚未冉冉升起，乘凉时去赶集；秋天，是硕果累累丰收时节，踏着秋风扫落叶时光去赶集；冬天下雪，天寒地冻，泥烂路滑，趁着上冻行走方便去赶集。赶集的交通工具由原来的徒步，逐渐变为赶马（驴）车、骑自行车、摩托车或开自驾小汽车。多少年来，很多传统习俗有的已经淡出了人们的视线，唯独这“赶集”是愈加兴旺了。有的农村地区地广人稠，单凭过去街上几家商铺是远远满足不了现在人们的日常需求的；而超市毕竟比集市上物品的种类名目繁多，选购起来方便，其质量、价格也更加公平合理。近年来，很多城里人利用双休或节假日来农村，投入到集市赶集这项活动中，采购所需要的绿色农产品、地方土特产，带动一方经济由萧条逐步走向繁荣。

除了乡镇上的正规集市外，有些村庄的农人会自发地聚集在家门口或村镇的街道边，摆上刚从地里采摘的、还挂着露水的鲜嫩蔬果售卖，这些临时集市叫露水集。所谓“露水集”，顾名思义，就是太阳还没有升起时的集市，太阳出来，露水干了，集市也就像露水一样消散了。20世纪六七十年代，农村搞“双抢”（抢种、抢收），农忙季节，人员流动量较少，集市交易时间一般在1~2小时，人们赶集办完家庭生活用品，就匆忙下集回家到地里干农活，也类似于“露水集”。

随着人们生活质量的逐步提高和生活节奏的改变，集市的经营方式、时间、环境，也在悄悄地发生变化，就像海南三亚、海口两城市，与其他城市一样出现了晚市，更加丰富上班族下班后仍可逛集市的需求！

有人说赶集是农村人的专利，其实不然。有史料记载，全国各地城市乡村均有分布。只不过相对于农村，小城镇的集市更加规范集中而已，就像肥东的古城、梁园、石塘、西山驿、撮镇等地，逢集集市经济十分活跃，赶集的人群颇多。像巢湖柘皋，地处吴楚，人杰地灵，历代人文荟萃，柘皋名胜古迹众多，柘皋八景蜚声方圆数百里，其中“峏山白龙洞”有着神话般的传说，柘皋是古代文化及商品的集散地，所以更加热闹繁华。该集市早茶闻名遐迩，小菜及点心种类由原来十多种发展至几十种之多，吸引四方来客早早前来品早茶。

赶集对孩子们来说，诱惑力最大的莫过于各种果品和风味小吃了。手工炒制的干果和外来的新鲜水果摊在街道两旁一字排开，散发着诱人的光芒；现场制作的美味糕点、煎饼香味惹人垂涎！不要说是孩子，就是大人往摊位前一站也迈不动步子，索性买上一些品尝，或带回一些给家中老人饱饱口福！

如果说平日赶集时间有些仓促，那么年集就完全不一样了，到腊月间，因为要备年货，集市每天都是熙熙攘攘。人们收入高了，腰包鼓了，消费起来丝毫不亚于城里人：牛羊肉、各种禽蛋，一样儿也不能少，喜气洋洋的大红灯笼和春联，女孩子们的衣服发饰，男孩子们的烟花炮仗，亲戚朋友来拜年的烟酒糖茶……每到此时，各个摊位前人头攒动，十分火爆！卖的人高兴，买的人开心，那一张张迎春的笑脸像是花开似的，手里头置办的满满的年货，心中洋溢着喜庆祥和的年味儿！

随着信息化的迅速发展，人们的采购方式发生极大的变化，网购如雨后春笋般应运而生，极大地丰富了人们的购买需求。即便如此，“赶集”作为一种古老的商品交易模式依旧繁荣且历久不衰，或许这种交易方式更加贴近人们的生活，更有人情味，所以也依然受人民欢迎。

深情回望村庄

村庄，是乡情、乡愁，也是我们割不断、舍不掉的精神家园。

20世纪60年代初，我们全家生活在肥东县城，父亲从事税务局工作。后来，为响应国家政策，母亲便带我们姐妹仨回到农村老家生活，但因当地持续干旱，1961年春天，全家迁徙到滁县沙河集油坊村，通过母亲辛勤地劳作，才得以度过困难岁月。1962年，全家又搬回肥东老家。这便是我第一次对乡村朦胧的记忆。

农耕时代，村庄大概有几个明显标志。一是自然村每个生产队有几口“当家水塘”，养饲鱼类，也为春夏农业生产提供灌溉用水，保证庄稼旱涝丰收；二是生产队拥有几间集体用房，专用于农业仓储，保管存放各种生产农具、储存各种稻谷种子类等，另外，还要备上两间宽敞的房子，供生产队耕牛静养；三是生产队建有宽敞的大场地、三四个石滚，用于收割季节打谷晒谷，或有大草垛供应耕牛的饲料；四是村庄周围修有循环水渠，田地之间有畅通的水沟，雨水季节让多余水流淌水塘，且灌溉引水提供畅通的水道；五是有的大村庄还有古祠堂、小学校，建有篮球场地，供村民劳动之余锻炼身体，增强体质，每年元宵节后各村庄年轻人组织起来，开展篮球友谊比赛；六是有的村庄生产队还办起副业，如手工挂面坊、豆腐店，编织类营生，壮大生产队集体收入。

村庄，是一个家族姓氏的栖息安身地；村庄，是村民居住和从事各种农业生产的重要聚居点。村庄一般以家族姓氏为单位，或由于历史战乱，国家大型工程或水利建设等，大批的人口迁徙形成的一种人群部落。如中国移民史中，元末明初江西“瓦屑坝”移民和山西“大槐树”移民遍及全国各地，人数之多，规模之大，令人惊叹。明朝南京建都之初，为了巩固朝廷的统治，长久治安，朝廷下令，有组织有计划地动员，实行人口大迁徙，将百姓迁至江苏、浙江、安徽、河南、山东、陕西等地。因此，有姓氏家谱记载，生活在这一带人群，他们都知道祖籍从江西“瓦屑坝”或山西“大槐树老鸹窝”发脉而至。近年来，由于国家兴建三峡水利、葛洲坝浩瀚工程大建设，以及煤矿区域下沉、棚湖区改造等，也实行部分人口迁移，旧的村庄消失，新的村庄形成。

村庄，大多由一个庞大的家族组成，村落里有家族创业始祖的传说、有家族兴盛与式微的记载、有祖传的族规遗训，其文化内涵非常丰富。村落选址、建筑布局方面都很有讲究风水，顺应自然、天人合一；在居住环境和审美情趣的营造方面，也都充满了生活哲理和艺术涵养。由于历史、社会变迁和发展进步，或经商等原因，天南海北，人员南来北往，或区域不同，或民俗习惯不同，其房屋建造风格各异。一个村庄显示它特殊的村庄聚落外貌和特有的文化，汉族与少数民族区分较为明显。广袤的村庄各有不同的文化底蕴、不同的文化娱乐设施、不同的人文景观、不同的宗教信仰等。如江淮地区或皖南地区的家族祠堂、庙、牌坊。有资料统计，新中国成立之初，国民文化素质普遍较低，具有高小以上文化程度的人群只有5%左右。因此，20世纪六七十年代，以各村庄单位建立文化夜校扫盲班，短短的几年之内，农村青壮年基本消除文盲现象。那时，多数地方不通电网，乡村的文化活动十分简陋单调，当地流行一种说大鼓书，一个人敲着鼓响，说唱结合，语言生动易懂，抑扬顿挫，众人围坐着一旁听，乡村还流行唱小导戏、庐剧。在安徽凤阳一代流行唱花鼓戏，背上两个小花鼓，男女对唱，为地方百姓带来精神文化大餐。后来发展到放露天电影，只有在重大节日，或逢年过节才能遇上一回，是村庄里为数不多的娱乐活动。

村庄面积有大小，人口有密稀之分。少则几十人，或几百人，多则上千人。村庄聚落一般是相对固定的居民点，只有极少数是游动性的。民以食为天，村庄的一个最大特点是以土地资源为生产对象，那时“靠天收”“靠天吃饭”，是过去多代农民生活的真实写照。俗话说：天有不测风云，人有旦夕祸福。如果遇上灾害年景，如水灾、干旱，或虫灾，老百姓生活无靠，外出逃荒要饭维持生饥。封建社会，这种现象在村庄巷口屡见不鲜。

在集体化耕作的时代，祖辈子孙以种田为乐，以种田为荣，以生产队为家。那时，中国有十亿人口，其中八亿是农民，村庄成了人口的聚集地和大后方本营。村庄早晨不时从牛棚传来一阵阵牛哞声，春夏老农赤脚牵着牛下地耕田耙地；从天空的四面北方，不约而同传出公鸡打鸣声，一般公鸡叫声三遍，天色麻麻亮，东方刚泛白，家庭主妇早早起床，准备煮早饭，忙于家务洗刷，迎来一天忙碌生活；村庄饲养的家犬也纷纷走出门，见到陌生人一声声清脆的汪汪大叫划破长空，鸡鸣犬叫唤醒了袅袅升起的炊烟；当晨曦初露，望不到边的田野山岗，笼罩在薄雾里的村庄显现，欢闹声响彻一片，不时在天空中回荡……

现在，村庄离人们的视线越来越远，新生代的年轻人，对过去村庄印象有的已模糊不清，但有一种味道仍吸引着我们，这种味道从房屋、树木、人群、家畜、农具、粮仓，水土里溢出来，那味道闻起来有些残破，有些古旧，又有些乡情乡愁的清香，敦促我们不时在脑海中萦回那往日的过去：向往那蓝蓝的一片天空、晚间一轮轮皎洁的明月、流水声不断的清清小河，河道两岸美丽景色……

我家乡的村庄，有 4 个生产队，20 世纪六七十年代，有近 100 户人家。据不完全统计，全村平均每户有一人在外面工作，吃国家粮，拿国家工资，生活殷实。凭票供应紧俏的商品，那人可购买到，令周围村民刮目相看。那个年代，在村庄谁能戴上手表，穿上的确良布衣裳，或有一双皮鞋就算有派头，别人看了都羡慕极了，外村的姑娘都愿意嫁到我们村。20

世纪70年代中期，我从学校回村庄，一时感到彷徨与困惑，心想自己读了多年书，总觉得世道有些不公平，那种难过一点也没有矫揉造作的成分，心里始终有一块石头放不下，就像我爱一个人，而那个人却并不属于自己。我在生产队劳作就喜欢一个人到很远的地里干活，累了就坐在地边田埂上两眼发愣，天马行空去遐想：天地广阔无垠，沃野碧绿千顷；可我的心总像干枯的禾苗一样卷曲着，不知如何让它去舒展开来，去发挥，何时才有盼头之日呀！

我又一次来到了村庄。一个阳春的早晨，我身着上黄下蓝色军装，悻然离开仰慕十几年的村庄，许多年后才回来。虽然向往走出去多年，但我也时常思念生养我的那座村庄，是村庄给予我精神的慰藉与抚慰，是村庄水土养育我，是村上同伴们给予的鞭策与鼓励，促使自己坚持不懈去不断追求，奋勇当先；是家乡大官塘、小官塘，一条大沙沟和穿越村庄涓涓流淌的小河，伴随我度过那段艰苦难忘的童年、少年和青春岁月。记忆之中，劳动之余，在田间、大树下围坐着，听老人们讲过去的故事，那曾似相识的面孔，他们恬淡地述说着流逝的时光，为一场春雨，或一场瑞雪，咧着没有门牙的嘴。有一次，我见一位七十多岁的老农，看到一头大牯牛在村头刚拉下粪便，他就用手捧着冒着热气牛粪放到水田。我与生产队一起干农活的老人或长辈们，如今均已到耄耋之年。

村庄是生活的乐园，是一方净土，也是文墨客采风的地方。回不去的童年、少年，青年时代。那样露水汤汤的清晨，在那岁月里，常赤着脚踩在田间小路上，绿油油的青草亲吻着脚丫，草木的清气在空气里播撒着芬芳。村庄有夜校；有篮球场；有荷花塘月色；有涓涓流淌的小河；有高耸大草垛来捉迷藏。村民喜欢每餐端着饭碗相互串门，不然这顿饭就吃得不香。春天村民三五成群钓泥鳅、挖黄鳝；夏天的傍晚，“老大门”门前老人小孩争抢“担门摊”，搬着凳子来到大场地纳凉拉呱儿；秋天是收获的季节，颗粒归仓；冬天雪地里撵兔子。那些个夜晚，小伙伴们拿着手电筒在屋檐下捉麻雀，回来“打平伙”；在微弱的煤油灯光下，姑娘们为心上人织毛衣、做年鞋。

时光流逝，斗星转移。村庄，那繁华景致渐渐消失在时空之中。如今，村上青壮的男人女人纷纷外出打工。有的经商，经过多年的艰苦创业，有所建树。有的在外购车买房，搬往城镇，成为新时代下“城市人”。而村庄留下的仅是老人和儿童。春夏时节，村庄被绿色屏障遮挡住，到了夜晚一片漆黑，不见一丝灯光，只有虫叫声弥漫在夜色中。

村庄是根，是家园；村庄是精神，永远是灵魂。伴随着工业化的进程，村庄变得越来越时尚：柏油路、太阳能灯、小轿车……随着城市型聚落的广泛向外拓展，古老村庄逐渐失去它原来的优势，成为聚落体系中最低层级的组成部分，甚至有的村庄已永远消失在人们的视野之中……

集邮人生

集邮是一种兴趣，也是一种学问，同时也是一种投资方式。集邮是一件有趣味的高雅收藏活动，无论是渴望获得邮票中内容的背景知识，还是拥有时的心满意足，无论是欣赏他人的收藏，还是展示自己的宝藏，抑或邮友间的互通有无，或是通过集邮结识新的朋友……无不给生活增添无尽的情趣。

集邮是以邮票及其他邮品为主要对象的收集、鉴赏与研究活动。邮票素有“国家名片”之称，每个国家发行邮票，无不尽选本国最优秀、最美好、最具代表性或纪念性的东西，经过精心设计，展现在邮票上。涉及的内容更是政治、经济、文化、军事等方方面面，各行各业应有尽有，使得方寸之间的小小邮票成为包罗万象的博物馆、容纳丰富知识的小百科。

1976 年初，一个偶然的机会，我从亲戚手中得到一枚邮票，如获至宝。1975 年 1 月 25 日，为庆祝中华人民共和国第四届全国人民代表大会胜利举行，邮电部发行了一套“中华人民共和国第四届全国人民代表大会”邮票，志号 J5，面值 8 分。它成了我最早的集邮珍品，也引领我走上了集邮之路。

J5 纪念邮票有三枚：第一枚为“全国各族人民大团结”。主图是工人、农民、解放军和各条战线的代表，身着民族服装，欢聚在人民大会堂内。第二枚为“新宪法诞生”。主图是百花映托着的《中华人民共和国宪法》，背景是迎风飘动的红旗，左边写着“中华人民共和国万岁”；右边是“伟大的中国共产党万岁”。第三枚为“夺取新的胜利”。主图是在红旗下站立着的工、农、兵，战士紧握钢枪，农民手指前方，工人高举红旗，背景是工厂和农村。

小小邮票伴我行。1976 年 11 月，我光荣参军应征入伍，来到祖国的南疆空军某机场，当一名空军地勤战士。军营训练学习之余，我被天南海北来信上一枚枚五颜六色的邮票所感染。那时，部队流传一名老话：“新兵信多，老兵病多。”每当看到收发室战友信封上的各种邮票，我心里就特别羡慕。新兵每月只有 6 元钱津贴费，没有多余钱购买邮票，集邮途径唯有收集整理盖销票。盖销票盖上日期和不同图案的邮戳，其意义更深远，她带着同学，带着战友，带着亲人嘱托和殷切期望……像一只鸿雁带着军人的佳音翻越万水千壑，传递祖国四面八方。当兵四年后，我有了工资，就开始购置集邮册，并购买少量的新版邮票，有时将重复的盖销票拿去与战友交换，既增强了战友间的友谊，又丰富了自己的藏品。

广西百色是中国革命老区之一，1929 年 12 月 11 日，由邓小平、张云逸等在此组织领导的武装起义，建立中国工农红军第七军。1983 年的夏天，部队到百色地区拉练，训练之余同战友去逛市场，在当地邮政局柜台上看到生肖票，将猴票、鸡票、犬票、猪票各买了一枚。

中国邮政自 1980 年开始发行生肖票。猴票是特种邮票，志号为 T46，全套一枚，面值 8 分。2016 年发行猴票是我国第四轮生肖票的开篇之作，也是首轮的设计者、92 岁高龄的黄永玉时隔 36 年再次执笔。36 年前黄永玉设计的第一轮猴年邮票也是我国第一枚生肖邮票。1980 年猴年（庚申年）生肖票如今已经升值数万倍，单枚邮票如今市场价格在 1. 3 万至 1. 5 万，而整版邮票价格则在 130 万元左右，可买一套房子。随着邮票市场红火起来，猴票价格逐年增加。20 年间，也有人出高价买我的猴票，但都被我婉言谢绝。还收集一枚猴票盖戳票，如今两枚猴票是我收藏之宝。

20 世纪 80 年代末，我开始预订购买邮票，每年预订两套，价格 400 元左右，如果遇上其他邮票品也购买。集邮成为生活中不可缺少的一部分，也是广交朋友的一种特殊“通行证”。集邮 40 年来，我收集整理 100 多本邮票、邮品及纪念册，就像遨游在一个五彩缤纷的海洋世界，思想情操和精神不断得到升华，在集邮中度过最精彩的人生青春年华。

通过集邮，我学会了解世界各地的历史、地理、花草鱼虫以及人物等相关的知识，培养一种禅定的情趣和修养耐性，它丰富、充实了我的人生。

路与车的变迁

在20世纪计划经济时代，国家的各种商品凭票计划供给，自行车当然也不例外，它可是当时中国家庭的“三大件”之一，名牌自行车有凤凰、永久、飞鸽，等等。

1972年，我父亲在肥东店埠区税务所工作。那年夏天，他将一辆永久牌自行车骑回了家。有一天，趁着父亲午休，我找到堂哥，一起从屋内将自行车偷偷推出来，让他教我骑自行车。才学了两三下，我就掌握了要领，不久就可以放“单飞”了。

那年代，交通不发达，从老家马集到肥东店埠，每天上下午只各有一趟班车，如果要赶早班车，必须早上四五点起床，徒步几里地到马集候车，若过时就没有指望了。有时母亲叫我到县城办事，或者购买东西，我一般都是徒步来回，从不乘公共汽车。若是去店埠，我会提前到马站的一位亲戚家打听，看看第二天马站硫酸厂有没有运送磷车去店埠，有，搭个顺风车；如果没有，那就还是只能徒步到店埠。

肥东店埠至石塘路段，有我曾经在那里修路流下的辛勤汗水。1974年春天，马集公社把修路任务分到各大队或生产队，生产队再分到各农户。我家20世纪60年代下放到农村，家中有五口人，按人头分建一段，路基在龙城马站段，经测算大约需要石头和土十方。修路用的土可就近在路边挖取，但要把土移到路面上；石头就要人上山去用肩挑或用板车拉。那天，公鸡刚打鸣两遍，我早早起床，拉板车上山，从阚集盘石山上拉了一千多斤石头。刚下过毛毛细雨，路面上有点打滑，在回来途中有一个下坡，结果我连人带车冲到一个水田里，幸亏跑得快，否则后果不堪设想。为了保证修路工程进度，每天天蒙蒙亮我就步行离家，中午自带干粮，或在附近农家搭伙。我在工地上苦干了一个多月，拉来的大石头用铁锤锤碎，再用泥土拌搅加固，铺设在路面上，经验收合格，才算完成任务。四十多年过去了，每当回忆起那段往事，一切都历历在目。我曾经参与修建的那段店埠到石塘的路，经过几次重大改造，路基已经拓宽成双向两车道，路面铺上了柏油。

从老家小西份到肥东店埠，要行走两三个小时。天刚蒙蒙亮起床，一路哼着小曲，为自己行走壮胆。从开马经过龙城，路边有家用土坯墙盖的两间小商店，每次从此路过，我总借故在此逗留一会，与老人寒暄，拉拉家常，或帮助老人挑满一缸水。若遇上下雨雪天气，就在此躲过一阵。那旧日时光中熟悉的影子，随着岁月的变迁，渐渐消失在自己的脑海中……

斗转星移，转眼到了80年代初。有一年，我父亲从县计划委员会搞到一张自行车票，花去二百多元，从百货大楼购买了一辆永久牌双杠自行车，从此家人上下班、买粮购油，回老家拉东西，都感受到了极大的便捷。这辆自行车一直伴随我们到 1996 年。

2007 年 10 月，我与父亲共同出资，从合肥包河某 4S 店选购一辆中华骏捷轿车，十多年过去了，车还在用，而我的父亲，早在 10 年前就永远离我们而去了。

平时，在节假日或休息天，我常常自驾着车驰骋在乡村公路、巢湖环湖大道、繁华大道或店忠公路上，放空自己：一眼望去，浩渺无边的巢湖景色，无际的田野庄稼，无边的绿水青山——和谐美丽的乡村、文明古镇的变迁，我惊奇地发现，路越来越宽了，车越来越多了，人们的生活，也越来越幸福了。

辈谱起名　家声悠扬

中国有一句老话：无规矩不成方圆。历史上，有村落就有宗族，有宗族就有祠，有祠就有家谱书诞生，有家谱就存在辈分排序，才分长幼，才有规矩。

寻根问祖的一部“金书”

在各宗族传统的家谱中，一个人的名字皆是姓氏加辈分，一般是姓氏放在前面，中间嵌着的字，即该姓氏辈分，后面一个字才真正是名“字”，但也有少数人起名将辈分放在后面，中间一个字是名“字”。家谱是寻根问祖的一部“金书”，是一个家族或分支长幼辈分系列分布图，分别记载宗族成员的名字、生日、学历、职业、官职等。一个人名多为“三个字”。若是两个字，可能没有按辈分起名。也有人姓名虽是两个字，但登记按辈分用名记入家谱书中。

宗族谱辈反映一个家族、亲友的长幼先后所居的地位关系；家族辈谱每组约为四个字或五个字，辈谱有十组、二十组，甚至更多。它的启用，是反映一个家族兴旺衰落的标志之一；家族成员按辈谱起名，可避免或减少姓名的重复，有利于公安机关、人事社会保障等部门，加强户籍查询与管理、侦破一些案件等。

随着社会不断发展，人们生活水平日益提高，人们对传统文化的需求和渴望日益强烈，有来自台湾、香港、澳门的同胞和来自大洋彼岸的美国等地的华人寻根问祖，询问某地某姓氏祠堂，某某村姓氏人群，是何辈分。一时间，建祠修谱在各宗族中掀起阵阵热潮，祠堂、家谱文化呈现丰厚的历史文化底蕴。

百万人口大县姓氏多

肥东县是安徽省农业大县，过去拥有一百多万人口，姓氏多且分布广，有 54 个乡镇（撤区并乡现为 18 个乡镇，三个工业园区），有的姓氏同姓不同宗族，有的同音不同字，如此多多。

肥东历史悠久，有着光辉灿烂的历史。早在新石器时代就有人类先民在肥东生活，后来在这块肥沃土地上的姓氏有几十个，如张、王、李、陈、刘、龚、马、吴等大姓人口众多，民间百家姓中就有“九龚十八陈”之说法，可谓同姓同宗族之多。追溯民间续修家谱选辈分，其用字讲究文化底蕴，有的家族辈分排列起来就是一句古诗，其内容反映一个家族的家训和家规。如肥东马士龙马氏家族重修谱后的辈分，由清嘉庆十年（1805年）十五世孙郡廪生坤——“世逢明盛、敦本宜先、克遵斯训、德立恩全、正道同守、宏业永生、国仁致瑞、家善必祥”32字，至今延续25代。它的寓意是：敦享本分欣逢繁荣的盛世，敦厚本分应当放在做人的首要位置，遵守家风家训，家族子孙品德才可以立起来，也可以享受到上天的恩惠。诵读辈谱朗朗上口，家声悠远。

据了解，马氏家族在肥东生活着“多匹马”。马士龙马氏：元末明初，由于战争原因大量减少人口，肥东境内地域辽阔，人员稀少，明朝南京建都之后，开国皇帝朱元璋为了江山社稷的稳固，下令从全国各地大量迁徙人口，始祖宗马士龙从北京苑平县迁徙而来。马集马氏：从江西瓦屑坝迁徙来肥东，在祠堂大门两边有一副对联：“扶风世泽长，绛帐家教远”。马湖马氏，人称为山头马，也是移民来的。白龙马为扶风马氏，从陕西迁徙而来。还有一“马”为少数民族，据说从内蒙古迁徙而来，其祖先性情彪悍，生活在辽阔无垠的大草原上繁衍后代，长年与“马”为伴。

民间建祠修家谱盛行

我国古今使用字辈谱的家族和姓氏很普遍。一些影响较大的家族，或家族中出过名人的，所使用字辈谱，也就其家族的声誉，而在社会上广泛传播。我们平时在百度上搜索某姓氏同一辈分，如果是某学术学科带头人，或某科学院院士等，作为家族人的一员深感自豪。

山东曲阜孔子家族的孔姓字辈诗50字："希言公彦承，宏闻贞尚衍，兴毓传纪广，昭宪庆繁祥，令德维垂佑，钦绍念显扬，建道敦安定，懋修肇彝常，裕文焕景瑞，永锡世绪昌。"目前，不但孔子的后裔按此字辈谱起名，而且孟子、曾子和颜回的后裔，也一律使用这个字辈谱。这样，只要人们看到四大"圣裔"后代姓名中间的字，就可知道他们的辈分。这在华夏众多姓氏中，唯有孔、孟、曾、颜四姓享受这一殊荣，在中国历史上实属罕见。

盛世建祠修谱，传承古老的传统文化。家族宗谱，是一个家族的生命史书。它不仅记录这个家族的来源、迁徙的轨迹，还包罗了该家族生息、繁衍、婚姻、文化、族规、家约等历史文化演变的全过程。祠堂是汉族人祭祀祖先或先贤的场所，宗祠祭典代表着汉族祖先信仰的优秀文化的形式，具有较大的社会影响力。在中国古代社会，家族观念相当深刻，往往一个小村落就生活着一个姓氏，传承着一个姓氏家族的历史源脉，外族姓氏不得随意入内，或来之侵犯。

在民间建祠修家谱盛行之时，应大力宣传民间家族文化流源，传播良好的家风家规，教育后辈，倡导族宗的后人，按字辈谱起名，让世人通过姓氏中间一个字，就可知道姓氏的辈分，出自何个宗亲血脉，在当地乃至全国分布居住位置，具体人口数量，在当地的民风、民俗、生活习惯方式等，将中华民族悠久灿烂的历史文化代代相传，泽云流福，发扬光大。

老大门逸事

老大门，是村里家族未出五服的叔伯弟兄所居宅院的统称。旧时的一番热闹景象，现在已经很难见到了。

老大门，是一个家族人丁兴旺的象征。20 世纪 50 年代之前，由于受到“多子女多福”思想的影响，许多家庭有兄弟姐妹多人。在我们村庄，兄弟五人健全的就有六户人家之多，兄弟们长大后结婚生子，成家立业，直到后来分家组织小家庭，由各自承担家庭生活重任。虽然分了家，但居住在一老大门生活出行，仍是好邻居、好兄弟，妯娌们和睦相处，传承着农村的世俗习惯，平时吃饭时端着饭碗互相闹门。

清嘉庆五年（1800 年）所修的《马氏家谱》记载：“士龙公系北直宛平县仪凤门人氏，明洪武二十年（1387 年）随驾至此卜居浪波塘下。”我们家族这一支系在马士龙祠堂小西份自然村是小辈分，按传统的推算方法应是老大房。但我们这一支系祖上曾六代单传，直到高祖父时才有兄弟三人。在那天下战乱的年代，老百姓处于水深火热之中。在神州大地上，到处弥漫着战争的火药味，高祖父兄弟三人均在太平国军队进攻合肥城时先后被太平军掳走，老二被当场杀害，时年 23 岁，老大 27 岁下落不明，老三被掳走时才 11 岁，10 年后侥幸归乡，后来过继给其他亲房为嗣。

高祖父在外面 10 年，给后辈留下了一段抹不去的记忆。老大留下一子，即是我后来的曾祖父——马敦叙，他独自一人撑起家庭重任，一生育有三子。他勤奋攻苦不辍，有时虽精神疲乏，却不敢丢书本，在古时学堂里考试经常名列前茅。可惜后来参加乡试，屡试未中，未中便更加发奋，从而导致精神憔悴，以致 38 岁时英年早逝。

家族祖父兄弟三人，老大年轻时就病逝，未留下后嗣；老二家经商开布行和染料，家中生活殷实；我的祖父排行老三，一生育有五子，开过私塾，村上老年人称他“三先生”。据村上一位八旬离休老人回忆说，有一次他离开学堂一会儿，几个调皮的小孩就在这学堂互相追逐嬉闹，大小孩用小便桶套住小孩的头，后来为首的小孩被狠狠训斥一顿，在学堂前被罚站几个钟头。祖父在当地可谓远近闻名的私塾先生，也算是文化之人。1916 年、1948 年曾两次参与马氏续修家谱，并为马氏名人作数篇传记留存家谱书之中，成为激励族人学习之楷模。

我们村上有三支系家族，即“前头门口郢”“西边郢”“后头小郢”。老大门，过去在村上大概有十多家。但家庭成员多，辈分大还算“后头小郢”，这一房分有一支系兄弟 8 人，人称“老八房”。过去每日从老大门进出有几十人，老大门原是五进砖瓦房结构房，从一进到五进中间有一条直行通道，约有一米多宽，俗称为“巷子”，从大门直接通至后院，进与进之间的小院子设有排水阳沟，下面铺设青石块防滑。现在的“老八房”有一百多人，很多成员在外面谋求发展，有的成为当地的知名房地产企业家。

记得小时候，年初一跟随大人去后面“老八房”拜年，进去转了几家，最后找不着出门是常有的事。大年初一这天，大家通过后门互相传递信息，在第一时间吃罢早饭，穿上整齐的节日服装，敬香拜佛，磕头，许下愿望。各大门由家族长辈主持，在拉开门闩那一瞬间，各家各户同一时间燃放鞭炮，女人们站在一旁看热闹嬉笑，小孩们手持竹竿放小鞭炮，男人们互相问候敬香烟，燃放“开门”大鞭炮，一时间热闹非凡。

随着时间的流逝，岁月的变迁，老大门前的热闹景象很难再现。由于村上人员大部分外出，剩下的仅仅是空巢老人和小孩，多数老住宅年久失修，有的倒塌，有的旧房子被拆除，成了一片空空的开阔闲散地，现在农村“老大门”留存的寥寥无几，多数随之消失在人们视野中，成为从老大门走出来的人永久的回忆……

搬家联想

“家是最小国，国是千万家。”每个人心中都有一个家，家是饱受打击之后调整疗伤的避风港，是享受天伦的欢乐园，也是加油站，它沉淀着情感，也孕育着希望。

封建社会中，赋役和户籍制度牢牢地把人束缚在贫瘠的土地上。那时，除了少数官员和商人因为做官和生意原因需要搬迁外，很少有人离开故土。在以宗族力量为家庭靠山的封建社会，家是不能随便搬迁的，搬家意味着一个家庭将独自面对一个新的环境，接受各种新的考验，甚至几代人后依然一直受到当地人的排挤打压。因此有时即使搬了家，最终也会选择衣锦还乡、落叶归根。

改革开放四十多年来，随着市场经济的建立与完善、城乡经济建设的加快发展、户籍制度的改革，越来越多的家庭打破了户籍的限制，从农村搬到了城镇，或从一个城市搬到了另一个城市，成了新时代的“城市人”。

搬家，是家庭生活中一件大事。生活在社会的各个阶层，或农村，或城市，或内地，或边疆，工作地点变化，家也随之搬迁。有的人从学校毕业应聘工作，或从部队转业到地方。有的人外出打工拼搏，练就一身全能过硬的技术本领，或有的人因工作能力强，被上派其他地区挂职或任职，这些都要经历搬家的体验。

民间流传一俗语：搬家三年穷。计划经济时代，工作调动多数是组织上安排，但也有的是个人申请。过去，由于国家建设的需要，内地支援边疆，有的人长期在东北，或青藏高原等地工作，由于不适应当地的气候条件与生活习惯，常年积劳成疾，给自己身体留下多种疾病隐患，退休向组织申请回内地老家安度晚年；有的人因工作职务的升迁，或后备干部交流，家属成员随之，子女上学或就业等，这些都需要对家庭安排重新定位。

搬家，从小房住大房，从农村搬到城镇，或从城镇搬到大都市，住上小别墅或高层。搬家给家庭带来温馨、喜悦、幸福；搬家使人的物质生活得以提高、精神生活得到升华。我们国家疆域大，幅员辽阔，大都市上海，20 世纪六七十年代，有很多家庭一家三代挤在不到十平方米的房间内，生活上极不方便。改革开放后，国家实施开发上海浦东建设战略，实施推行安居工程，进行老旧房拆迁改造，使上海人首次告别了住石库门、小阁楼，搬进宽敞明亮的新居楼房。搬家，反映中国改革开放四十多年来时代变迁，使人们享受到改革开放带来的“红利”。

往事如烟。1959—1961 年，肥东地区连续干旱，粮食减产，很多人家中无粒米之炊。在当时，我的家庭处境也非常之困难。后来通过一个亲戚的介绍，1961年春天，我们全家迁至滁县沙河集油坊村。当时没有住房就租借邻居破旧房，这种房子不防风不防雨，我当时年龄尚小，父亲在巢湖某农场搁职劳动改造，母亲披星戴月，起早摸黑，一人支撑着常日繁重的体力劳动。秋收刚结束，粮食颗粒归仓，我们全家回到肥东老家，这是我记忆里的第一次搬家。

中学毕业回到农村，1976年光荣入伍，在部队上学提为干部，到了谈婚论嫁的年龄在部队办理婚事。早些年，父亲在税务局上班，母亲仍在农村，我在部队服现役，家属在县城某纺织厂工作，过着牛郎织女式分居生活。因县城无住房，便在店埠镇南巷境内租一位亲戚的房屋住了3年，后来岳父在县城公园路自建三间平房，我就临时搬过去居住。

20世纪80年代中期，从部队转业回到地方，分配在税务系统，负责一个乡的税收征管工作。那时，在地方工作，系统内有一条不成文规定，如果不在县城工作，单位不分配住房，也不给报销房屋租金，所以一直住在岳父家。在岳父家居住也只是暂时的，后来有了小孩，工作、生活等诸多不方便，于是我与家属在店埠郭湾村王大姐家租一间二十多平方米的房屋。

再后来，由于工作的需要，我从基层调到县局机关工作，分配一套55平方米的住房，再一次搬家。而这一次，我们终于有了真正属于自己的住房。

20世纪90年代初，我从机关调到基层任职，县税务局落实省局安居工程精神，新建3栋住宅楼房，每套使用面积约有一百多平方米，我又重新分配一套三室一厅新房，再一次实现搬新家的夙愿，这也是我最后一次享受国家房改优惠政策。

几年前，小孩工作安排在合肥，经过家庭会议研究，在滨湖新城万科小区按揭一套 90 平方米精装房，临近古稀之年，我又一次搬家。

清晨，站在高层的阳台上，我眺望浩渺无边的巢湖，心旷神怡；夜幕降临，我又为五彩缤纷的霓虹灯陶醉……

五十多年来，大小经历了 7 次搬家，每次搬家虽苦累犹甜，感悟也颇深，深感越搬越好，生活品质也更上一层楼。

看　场

“看场”是农村的俗语，指20世纪六七十年代，农村生产队在收割季节，将农作物经简单挑选后放在田地里或谷场上，晚间由生产队指派社员轮流看管。用现代话说，负责看场的社员是那时生产队的“临时保安”。

看场是集体的大事，社员人人有责。社员家每户都要派人参加，一般以家庭男劳力为主，由生产队选派。要求的条件：一是有集体责任心，有责任感；二是爱集体，爱生产，有一定生产劳动经验；三是每组安排两三人为宜，生产队为其记工分。看场是在每年夏秋两季，这时候麦子、稻子、花生之类农作物纷纷“登场”，有时一连要在露天晾晒多日才颗粒归仓，若遇上阴雨天晾晒的时间就更长了。因此，在晚间特别需要安排人员看场，以防被盗，使集体财产蒙受损失。看场虽说不是体力劳动，但要求耳听八方、眼观六路，必须具备独立处理突发性事件的能力。在那科学信息技术相对落后的年代，农业生产大都是手工式作业，从广播收音机听到的天气预报常预测不准。夏天看场，睡在临时搭建的简易小帐篷或就露天睡在几张板凳搭成的“床”上，连被子也不要。夏秋的天易变，有时傍晚抬头能望见一轮月亮，或天空布满星星，但到了夜间天公不作美，下起小雨来，这时就得赶紧起来，忙着盖草或盖薄膜之类覆盖物防雨，防止粮食被雨淋而发霉。

那时农村，在年轻人中，有一部分是毕业返乡的学生，另一部分是从城市来农村插队的知青。他们成立一支“青年突击队”，常帮助村上五保困难户做好事，有时在晚间担任夜校指导老师，组织村民参加“扫文盲”活动。在“双抢”（抢收抢种）大忙季节，“青年突击队”发挥巨大的作用，义务拔秧、割麦、割稻子等，不记工分参加义务劳动，看场也是如此。

70年代初期，我从学校毕业回到农村。虽说自己年轻力壮，但缺少劳动经验和生产技能锻炼，生产队评工分也只能评六分，就这样度过了一年时间。广袤的农村生活艰苦、单调，物质文化生活相对落后，唯有自寻其乐，农闲时常聚在一起“呱蛋”，听老人们讲那昔日的趣事。记得有一年秋季的一个晚上，我在离村庄比较远的黄阴闸地方看花生，我们这一组有三人看场，另外两人较我年长。晚饭后，我们卷着被子到看场地。天晴还好，遇上下雨天，晚上四周漆黑一团，伸手不见五指，除了东拉西扯就是呼噜睡大觉，真是无聊极了。他们两人都有点酒瘾，于是我们就一起商量，采取三人“抬石头”，或实行“AA制”，我从熟人处搞来两瓶“老白干”，淌过潺潺的河水到对面村庄豆腐店购买了千张，从自家菜园地里拔几棵白菜，再炒一点花生米，自备两个菜，大家一起吃夜宵。喝酒开始是大家平分，酒过三巡之后以划拳取胜。喝酒中谈论最多的是农村之事、家务之事，乘着酒兴大家是天南海北、滔滔不绝，度过一个难忘的不眠之夜……

1976 年 10 月的一天，秋高气爽，天空中一群大雁往南飞，田间庄稼都成熟收到场上。这一晚改变我一生的前途和命运，那天晚上正轮到我到大场地看场，当时正哼着现代京剧《红灯记》——“临行喝妈一碗酒”小曲准备入睡。这时，隐隐约约有脚步声朝我们睡的小棚子走来，好像有人在叫我的名字。原来是大队民兵营长带着村里的医生到稻谷场上，说是为我抽血化验，进行当兵前的例行体检。时隔不久，我穿上崭新的上黄下蓝军装，实现自己的夙愿，当上了一名解放军空军地勤战士。

看场，是过去农村集体化大生产的产物，现在已是一去不复返了。虽时隔四十多年，但回忆起来也很有乐趣，那记忆弥散着乡土生活的芳香，仿佛让我回到那时在农村的青春岁月。

小山村李百家

在肥东浮槎山下不远的马集东边坐落着一个小山村——李百家。这个村过去有十几户人家，村民来自茆、马、黄、李等姓氏。随着岁月的流逝，近年来，这个昔日宁静的小山村一下闻名起来了，原因是出了两名厅级官员，令周围村民刮目相看。

昔日的李百家村，土坯草房或土墙小瓦屋，村民“脸朝黄土，背朝天”，以农耕为生。在那物资匮乏的年代，有的家庭就连饭也吃不饱，衣也穿不暖，照明煤油及其他日用品全凭计划票供应。即便如此，村民们也非常重视小孩学习教育。村民心中牢记一条生活哲理：穷苦不能苦了孩子，再苦再累也要让小孩上学读书，学习文化知识，了解天下之事，以增长他们的见识，将来出人头地，有出息。因此，村上的小孩大多读到初高毕业，或考取中专，或上大学，或自主创业，从事其他技术职业。村里老人说，自 20 世纪 70 年代以来，村上没有出过失学儿童或文盲，究其原因，一是村上学生勤奋好学，往年的寒暑假期间，自发组织互帮互助学习小组，培养小集体思想道德情操，崇尚读书学习，营造了你追我赶的良好学习氛围；二是村民家风家规纯正，邻居之间团结友爱，与人为善，乐于助人，和睦相处，尊老爱幼。学校放假，村上还有学生组织开展义务劳动，为村上五保老人挑水、打扫卫生，“双抢季节”为田间劳动群众送饮水、拾稻穗等；三是村民家的学生不相互攀比，生活上勤俭节约、艰苦朴素，不比生活吃穿，比学习成绩，比谁好事做得多。村上的茆氏家庭是人人皆知的“五好文明家庭”，兄弟姊妹四人，1977 年国家恢复高考，有三人分别考取大学，跳出农门，捧上“铁饭碗”。

改革开放以来，从这山村走出来的莘莘学子，在全国各地谋求发展，成就事业，现有各类工程师及企业家二十多人。

追溯茆氏兄弟姊妹家庭变迁历史，他们的祖辈皆是农民出身，以农耕或手艺为生。母亲姓马，据乾隆年间马士龙《马氏宗谱》记载，其外高祖父马盛福是小西份村人氏，其侄马敦叙旧时曾参加乡（省）考，成绩名列前茅。其子马本诰是家乡远近闻名的私塾先生，也是乡村文化的传承人和传播者。由于马氏家庭文化的源远流长，耕读传家，重视学习的基因流淌在茆氏兄弟姊妹血液之中，给茆家带来一种天资超人的睿智，也成就了他们的事业，造就他们的现在和未来。愿茆氏兄弟姊妹走得更远，飞得更高，探索寻求更宽广的发展空间，为家乡父老乡亲带来福祉。

钓鱼乐情

钓鱼是一种锻炼身体的有益活动，也是一项有益身心的乐事。过去在农村生活，只是用渔网在鱼塘或小河边捉鱼，没有钓鱼这种雅兴。

钓鱼，我还是在20世纪90年代后期学会的。因工作上的关系，我遇见一位老朋友，经过接触寒暄，他的老弟是我的战友，原住在磨店乡集市上（现磨店已归属合肥新站区管辖）。他从教师岗位退下来与儿子合办一家工艺品有限公司，经过几年的拼搏，有了一定的资金积蓄，在当地农村承包了一片土地，办起以餐饮、休闲、观光、垂钓为一体的“农家乐”基地。他多次约我去玩玩，几次都因工作太忙碌没能成行。

去年春天的一个“双休日”，春光明媚，他又来电话相邀。这次，我再也找不出其他理由推辞，便受邀前往。

钓鱼塘建在一片开阔地，我环视四周，周围树木葱郁，栽有各种果树，鸟语花香，环境怡人。此地建有6个钓鱼塘，约有15亩大的水面，鱼是从肥东、巢湖、全椒等地渔场买来的，清一色是金鱼，一条鱼有五六两重。鱼塘边还建一座“农家乐”饭庄。

我是钓界新人，自带一根鱼竿，却半天不知道如何开始垂钓“工作”。在别人的指导帮助下，我开始钓鱼前的准备工作。如带上钓鱼竿、蚯蚓、小板凳、防风或防雨的大伞、盛鱼用的塑料桶，可谓是万事俱备，只欠东风。到了钓鱼塘边，首先选好钓鱼的“宕子”。宕子应选择在鱼易游动光顾的地方，再试试水的深浅，将油饼的饵料烙成团，然后准确地抛洒到指定的位置，同时调整好鱼线上的浮漂，在钓鱼钩穿上蚯蚓，把钓鱼线甩向塘中。初学钓鱼者不要浮子一动就提竿，一般是让鱼上钩点几下后等浮漂迅速下沉时再提竿。开始钓鱼时，待了许久，只见浮子在水中上下点动，我想是鱼儿开始咬钩了，心随着浮子的点动而激动不已，由于不常垂钓，没有真正掌握钓鱼的基本要领，连提几次竿也没有钓上鱼，心里很是窝火。总结几次失败的原因，是没有抓住鱼上钩的时机，把鱼线向后拖，结果鱼跑掉了。正确的方法是见有鱼上钩，这时钓鱼的浮漂向上浮，等到浮漂下沉或再次上浮被拖跑时，把钓鱼竿向上提或向后面摔。俗话说，吃一堑长一智。那次，快到晌午我一条鱼也没钓着，于是我把钓鱼竿放在水里，向左右的钓鱼者学习取经，查找分析其中的原因。我干脆请胡老板手把手地教并帮助我钓鱼。不一会，他就钓上一条鱼，看来还是我自己的钓鱼技术不行。中午在“农家乐”饭庄就餐，没有饮酒的兴趣，随便吃点饭就回到“阵地”上继续垂钓。没想到，到了鱼塘拿起鱼竿果真钓了一条鱼，这叫“有心栽花花不开，无心插柳柳成荫”。有了收获，我的心情忽然开朗，我静下心来，继续等待鱼上钩，刚下钩子不久就又钓上一条鱼。以后塘面渐渐刮起一阵小风，鱼再也不上我的鱼钩，但我还是耐心地坚守着……

西边的太阳落山了，塘面上刮起一阵清风，我思绪万千。当闭上眼睛，心想这时要有一阵鱼从我的鱼饵周围游过，它肯定会上钩，这样我钓的鱼数量就称之为“四四如意”，或“六六大顺”。看来这次是不可能实现自己的愿望，只有等待下次吧。告别鱼塘时我还是恋恋不舍，这时胡老板来到我的面前，他说：“过几天运来鲲子鱼，你再来垂钓。”我欣然应答。

鱼者，我所欲也。钓鱼，难得的是那种全身心的放松，那是对精神和心情的调节。

人生在世几十年或百年，何尝不是这样，钓鱼者每次抛出去钩，不见得都有收获，但你心中要永远充满着希望，充满着收获，经得起鱼漂的上下沉浮，把握好人生这根钓竿重量，用积极向上的良好健康的心态，努力工作和学习，快乐地面对每一天，这才是钓鱼的意蕴所在。钓鱼是一种境界，是一种乐事，是一种思想的洗礼与升华，如今我虽然退休了，愿用余生之年在垂钓中经受历练。

特殊的“收藏”

收藏，有国家收藏和民间收藏，国家的收藏品保存在博物馆中；民间收藏多是个人爱好。

收藏要因人爱好而异，文学与金钱联姻，只能产生低俗的文字。同样，收藏一旦被投资者利用，当作赚钱的手段，收藏也就变了味道。人无癖，则无深情。收藏是一项高雅的生活爱好。不论收藏玉石、陶瓷、字画、书刊、徽章、票证等中的任何一类，收藏者都是有心之人，带着一双慧眼，勤奋动脑，四处寻找，精挑收集，并且做到妥善保管，给那些闲散物建立一个温暖的归宿。其目的在“寓收于玩，寓藏于乐”。如随身佩带一件小件玉器，既可祛邪养身，又可修身养性。

而我的“收藏”却与众不同：一是收藏过期失效的各种稿件的汇款单或通知单；二是收藏日常生活中别人为答谢者送来的请柬。

从事写作，屈指算来也有近四十年了，无论是过去在军营，还是转业在地方税务部门，或是退休后的生活，我都在发表自己的独特见解和思考。在《空军报》《湛江日报》《右江报》《中国税务》《安徽税务》，以及县、市、省文学杂志发表各类作品有300余篇，一分耕耘一分收获，收获无论多少总是令人愉悦。收到稿酬究竟多少没有具体统计，往年，多数稿酬单都没有及时去邮局取款，其面额有1元、3元、5元、10元、20元、30元、50元不等，即使后来有上百元的稿酬，取款后也都留下复印件。最早“收藏”稿酬汇款单大概是1983年，当时我是部队现役军官，在原广州军区空军某部空军修理厂。一次我从机场工作回到营区途中，遇上一辆拉甘蔗的地方货车因机械故障停在路边，驾驶员修理很长时间都没有修好，为了赶路，已有几个小时没有吃饭喝水，修理厂官兵闻讯后伸出援助之手……为此，我连夜写了一篇新闻稿件，标题是“驾驶员一筹莫展，解放军雪中送炭”。稿件寄出后很快就在百色地区《右江日报》上发表，报社邮来3元稿酬，其原件仍被“收藏”。多年来，稿酬汇款单或通知单汇集成册，这些都成为我人生中永远最珍贵的“收藏”品。

请柬是信件、名片、帖子等统称。请客，是一种民间风俗生活交往方式。请柬在生活中，是人们请客间发出的一种邀请函。日常的生活中，人们在很多形式下遇到请客这件事，归纳起来大概有十多种：儿女婚嫁和丧葬称为红白喜事，小孩满月、周岁或十周岁，还有参军入伍、考上大学、生病住院、乔迁新居，再者就是个人立功受奖、晋职升级等。每每遇之，就避免不了有亲戚、朋友或战友、同学或同事、前辈或领导上门前来祝贺，凡此种种，都给请客创造沟通机遇，不时收到多方友人送来的请柬。在“五一”“十一”、春节、元旦等几个重大节日，或是每月的双日子是收请柬的旺季。

出人情，是民间礼尚往来的一种特殊交往方式，这是中国几千年传统风俗的延续，一时很难从根本上改变。由于国家经济建设的高速发展，人们享受到改革的红利，腰包也鼓起来，出人情的金额从六七十年代的 1 元、2 元、5 元，到八九十年代的 10 元、20 元、50 元，到现在 200 元、500 元、1000 元不等，有的亲戚或朋友关系甚密，出手更是大方。请客的档次也在不断提升，由过去家庭式的请客，到上集市饭店，再发展到星级大酒店或宾馆请宴，由此一来，请柬的样式设计各异，形状大小不一，但都美观大方，别具一格。市面上出售不同样式的图案的请柬令人眼花瞭乱，无从选择。婚庆是大红色的双喜，心心相印，左右各有四个红桃心图案，一对男女福娃，题词“百年和好”；子女升学，图案是一条船帆在大海中航行，一群大雁在天空中飞翔，题词“前程万里，前程似锦，大展宏图”；乔迁新居图案是一座豪华大厦，题词“乔迁之喜”；老人驾鹤东去，请柬一般是黄色的，题词“诚意邀请”，“英名千古长，功德遗泽远”。

一张请柬是一件艺术品，是一幅如诗如歌的生活画卷呈现。

中秋月色清凉

中秋之夜，花好月圆，令人向往。

中秋节，民间又称八月节，是农历一年中三大重要节日（春节、端午、中秋）之一。由于八月十五在秋季七、八、九三个月，是居中的日子，所以叫作“中秋节”。

提起中秋节的习俗，人们自然会联想到吃月饼。为弘扬中华传承文化，我们国家从 2008 年开始，决定在端午、中秋两个节日各放假一天。

据《长安玩月诗序》记载：“秋云于时，后夏先冬；八月于秋，季始孟终，十五于夜，又月云中。稽于天道，则寒暑均，取于月数，则蟾魄圆，故曰中秋。”这就是说，农历八月十五，是我国的秋节。由于这一天恰是三秋之半，所以叫中秋节，民间俗称八月节。是夜，月亮最明、最圆；月色也易美好，千家万户围坐在一起观赏月色，共享天伦之乐，因而人们又把中秋节叫作“团圆节”。而在宋人的笔记中，中秋节的记载就屡见不鲜了。宋代的中秋节，不用说富贵人家，就是贫穷的小市民也是“解衣市酒，勉强迎欢”。中秋节晚上，“膂（lǚ）力儿童，连宵嬉戏”。由此可见，中秋节在宋代已成为我国的一个重要节日。

中秋举杯邀月这只是文人的雅兴，秋高气爽，月色分外光明，更觉得有意思，回想乡间一般对于月亮的见解，与文人学者的似乎颇不相同。

文人赏月的风俗来源于祭月，严肃的祭祀变成了轻松的欢娱。民间中秋赏月活动约始于魏晋时期，但未成习。到了唐代，中秋赏月、玩月颇为盛行，许多诗人的名篇中都有咏月的诗句。待到宋时，形成了以赏月活动为中心的中秋民俗节日，正式定为中秋节。海上生明月，天涯共此时。情满中秋，家好月圆。中秋节，中国人的传统文化节日。古往今来有多少文人骚客为之抒情，为之赞美。

中秋节，在每个人的童年、少年时代留下一串串难忘的回忆。在20世纪60年代初期，中秋节是农村小孩子最喜欢的节日之一，这一天就可以吃上月饼了。有的农村家庭小孩多，家庭口粮不够吃，一年接替不上一年，生活条件非常艰苦。可遇上中秋这一天，有的农家主妇早早就起床，拧着菜篮子到集上食品组排队买一点肉类，没有钱买月饼，母亲们就用自家磨的小麦面包上红白糖作“馅”，做成的饼子在铁锅上反复烧烤，供家人晚上赏月时食用。等到晚间天黑以后，小孩子拿起自制的火把（这种火把是用一根木棒，外面捆绑树枝或黄豆秸秆等，再用绳子捆紧制成），在乡村田野、小路上到处奔跑嬉戏。静寂皓月的天空下，一时间映出一道道火光色彩，孩子们欢叫笑声响彻云霄，真是一片火树银花不夜天！回来后路过田间摸取秋收后留下的农作物捎回，俗称为“摸秋”。人们常说，中秋节“摸秋”可给人一生带来幸福好运，财源滚滚来！

过去，儿时的记忆，并不是真正懂得中秋节的来历和内涵，不懂得对幸福的追求，随着岁月的流逝，后来为了属于自己的家好月圆去追寻，那满天的五光十色都只为自己而闪耀，所以人们不惜长途跋涉，在每一个陌生的地方寻找自己想要的幸福，所以拒绝停留，哪怕那后面是满载着所有的欢笑与甜蜜回忆的家和深爱自己的家人。

端午粽子情缘

根据《国务院关于修改〈全国年节及纪念日放假办法〉的决定》（2008 年 1 月 1 日起施行）第二条规定：“全体公民放假的节日：……（五）端午节，放假一天（农历端午当日）……”自 2008 年开始，端午节正式列为国家法定节日。

在文化多元化、信息日益丰富的今天，端午节等中国传统节日面临着不少挑战。这迫切需要人们与时俱进，既要保持传统，又要适应当今生活节奏日益加快的需要。

又是一年端午节的到来。端午节被国家批准列入法定节日，至今有 10 多个年头了。传统节日列入国家法定假日，反映我们国家的繁荣富强，人民安居乐业，社会安定祥和；同时，这是对节日的文化价值的又一次重新确认，也是对我国民俗传统的继承和发扬光大。

农历五月初五为端午节，民间又称之端阳节、午日节、艾节、端午、重午、午日，虽然名称不同，但各地人民过节的习俗大同小异。每到这一天，大江南北、长城内外，城镇、乡村，大街小巷，家家户户都悬钟馗像，门前挂艾叶菖蒲，赛龙舟，吃粽子，等等。

赛龙舟：相传，当时楚人因舍不得贤臣屈原死去，于是有许多人划船追赶拯救。他们争先恐后，追至洞庭湖时不见踪影，是为龙舟竞渡之起源，后来每年农历五月五日划船赛龙舟以此纪念爱国诗人屈原。

吃粽子：荆楚之人在屈原投江之后，煮糯米饭或蒸粽糕投入江中，唯恐屈原的尸体被鱼吃掉。后来祭祀屈原时，用竹筒盛装糯米饭掷下，以后渐用粽叶代替竹筒。屈指算来，端午节吃粽子的习俗在我国已延续两千多年。其实，包粽子也好，吃粽子也罢，都是对传统文化的传承与发扬。

人们包粽子的方法虽说简单，但真正要包好粽子，包出特色，包出各式的花样，也不是一件容易的事。包粽子正确的方法：在包粽子之前将粽叶在清水中泡几次，这样包起来柔软；把雪白的糯米用水浸泡约半小时为宜，再用清水淘净。用两片长短一致的粽叶平行放在一起，卷成所需包粽子的形状，用手捏紧粽叶两边填满糯米，并放上所需的馅料，然后再用一片粽叶封口，用线绳将其拴紧，剪去多余的叶片，这样一个完整漂亮的粽子展示在你的眼前。用线绳将粽子一个一个串起来挂在家中，也是一种装饰品。过去，在我们合肥地区广袤的乡村会包粽子的人不多。记得儿时，我常偎依母亲身边看包粽子，有时候自己也想动手操作，卷粽叶，用勺子挖米，结果把米叶散落一地，被母亲教训了一顿赶去外面，才就此罢休。这事情过去已五十多年了，现在想来真是好笑极了。包粽子我也多次尝试过，但是由于手拙笨，每回都不能如愿，包的粽子不是松动就是不像粽子样。因此，我们家的粽子主要是妻子负责。当然，包粽子有一个熟练过程，唯有反复操练，掌握方法，方能熟能生巧。

在家乡，喜欢包粽子的人很多，但真正会包粽子的巧手却依然寥寥无几。因此，每年的端午节前夕，乡下的亲戚朋友都会送来糯米蜜枣之类。我的家庭有包粽子的习惯，每当这个节日来临，都要提前忙碌 3～5 天时间，包好粽子煮熟后分别送给乡下亲戚、朋友，或邻居，让他们一一品尝，增添端午的节日氛围。

有时候我和妻子也义务帮助邻居包粽子。当然在家庭包粽子有明确分工，由妻子负责在集市上采购糯米、粽叶和各种包粽子的配料之类，我负责煮熟粽子，俩人配合相当默契。往往是一片诚意给朋友送去几个粽子，深得他们的欢喜，感谢之言，却换来意想不到的小“收获”，这也是社会常说的礼尚往来吧！

社会上流行的粽子样式和品种繁多，其包装也越来越讲究，有的用精美纸筒包装，有的用漂亮的盒子包装，有的用精巧的小竹篮包装，在宾馆、超市时常见到。社会上，馈赠端午粽子是人们礼尚往来的一种方式。

粽子按形状分，如斧头粽、三角粽、小角粽、圆筒粽；按馅料分，有火腿粽、蜜枣芯粽、豆沙、咸鸭咸肉之类等。

煮粽子要正确掌握火候，目前，众多家庭使用高压锅或电饭锅煮，时间大约需要 45～50 分钟左右。粽子煮熟后，那青青粽叶的香味和雪白糯米的香味融合在一起，煮熟的白糯米已含淡淡的粽叶色，半透明似的，像美玉，色、香、味俱全。另外，粽子煮熟后，如果当天食不完最好放至凉水清泡，或冷却后放至电冰箱内存放。

吃粽子人们习惯不一，可因人的口味而异，有的喜欢吃热腾腾的，有的吃冷的；有的喜欢吃蜜枣馅粽子，有的喜欢吃豆沙馅，有的喜欢吃咸鸭或咸肉馅的粽子。可我最喜欢吃冷粽子，不分是什么“馅”，习惯剥开粽子后粘上白糖，美味一番，一顿能吃三至五个。

端午节，这一传统节日，在人们的心中已深深扎下烙印。在城镇，在乡村家家户户的门楣上插着艾枝，微风拂过，弥漫着粽香、艾香和浓厚纯朴的亲情与乡情，十分醉人……

经典永流传

中华文化源远流长，东方文化美德几千年长盛不衰。望月怀远，记取亘古不变的情怀；诵读中华经典，洞穿千年不落的尘埃。

肥东包公故里，钟灵毓秀，文化底蕴深厚，已举办10届“中华经典诵读”活动。文化是一个民族的血脉和灵魂。传统经典诗文，是中华文明传承数千年的重要载体，内容博大精深。开展中华经典诗文诵读活动，弘扬新时代下中华优秀传统文化，增强民族的凝聚力、自信心和自豪感，坚定文化自信，采用多样的手法与形式演绎中华经典，让人们感受到了中华文化割舍不断的文脉余香。

那一年，有幸参与某公司“中华经典诵读”展演赛。随着古典音乐悠悠响起，表演者以饱满的精神、丰富的肢体语言，声情并茂地诠释了庄子《逍遥游》中顺乎自然、超脱现实，不滞于物，追求无条件精神自由的完美意境！演员朗诵抑扬顿挫、张弛有度，字字句句掷地有声，充满激情与感动。

文化自信，是更基础、更广泛、更深厚的自信。中华民族有着五千年的悠久灿烂历史，孕育了深厚底蕴的华夏文明。源远流长的古典诗文，筑就了经久不衰的民族瑰宝。《逍遥游》是庄子的代表作，其充满奇特的想象和浪漫的色彩，寓说理于寓言和生动的比喻中，形成独特的风格。庄子《逍遥游》节选片段，经舞台上演员的优美表演，庄子与惠施的煮茶品茗，坐而论道，配合着婉转悠扬的音乐和优美灵动的舞姿，将《逍遥游》的主旨思想赋予生动的形象和深刻的灵魂。和着抑扬顿挫的诵读声，观众纷纷徜徉在庄子自由之境里，诵读的《逍遥游》是从文首至“神人无功，圣人无名”这一部分，全篇诗句以表现人生理想自由之境为义旨，即无作无为之境界，也即所谓“道”的境界。斥鴳、蜩鸠等小鸟对于大鹏的质疑和嘲笑，引出“小大之辩”的论述。接着，由斥鴳、大鹏的“小大之辩”转向世人间的“小大之辩”，“知效一官，行比一乡，德合一君，而徵一国者”相对宋荣子为“小”，而宋荣子相对“列子”亦为“小”，列子相对于“乘天地之正，而御六气之辩，以游无穷者”又为“小”，将观众带入那人生理想的神仙境界。

《逍遥游》节目寓意深刻而易懂，节目脱颖而出，成为演出中的佼佼者。经典诵读进企业、校园、机关是将中华国学经典与社会主义核心价值观和企业文化建设相结合，以“诚信、守法”为主题，通过举办职工诵读比赛等形式，开展经典诵读活动，增强诵读活动的持久性和影响力，提高职工的传统文化素养和职业道德水平，树立爱国、敬业、诚信、友善的社会主义核心价值观，助推企业最终转型升级，进一步塑造现代企业文明形象。

走进经典，让优秀的民族精神在人们的血脉中流淌；走进经典，让经典不断流向企业、学校、机关，流向远方，成为一种永恒的文化主题；走进经典，让民族文化的智慧支撑人格的脊梁。

弘扬民族精神，传承中华经典文化，永远不息。

撑起一片爱的蓝天

中国已进入老年化社会，如何赡养伺候老人已成为社会关注的焦点。据资料显示，截至2022年，我国60岁以上的老人已超过2.6亿。家庭是社会的细胞，每个人是社会的一分子，赡养伺候老人是许多家庭一项长期而艰巨的任务。

人们常常看到一种奇怪现象，殡仪馆有多忙碌，妇幼保健院就有多忙碌，这是人生终始驿站，也是事物发展不变的定律。生老病死，这是一个人必经的门槛。

赡养老人是中华民族的传统美德，也是作为子女应尽的义务。有的老人生活在农村，有的在城镇，老人到了一定年龄，不生病正常生活起居还好照顾，而一旦生病就需要住医院或求医拿药。住医院需要有人员陪护，家庭成员在经济和精力方面都要付出很大代价，如喂饭、倒尿倒屎、吸痰之类，这一过程非常艰辛，有时相当漫长。在农村，有的家庭兄弟姐妹多，对老人的伺候赡养可轮流做庄，每家一个月或半年、一年轮流一次。医疗费用扣除医疗保险报销外，剩下费用由兄弟姐妹共同承担，如果各方所执的意见不一致，家中长子或长女主动站出来，要求当地村委会或妇联出面调解，或请法律援助中心援助，这样有的问题也能迎刃而解。但也有少数人不主动承担赡养父母的义务，虐待老人，经过调解不成，上至法庭解决。

社会上流行一个传统的观念，养儿育女就是为了防老，实践证明确有一定的道理。目前，社会福利事业和社会保障制度尚未建全，多数家庭的老人生病，或年老都是靠子女伺候，或社会中介，或社会福利机构。自从 20 世纪 80 年代，国家实行计划生育国策以来，现在 30～40 岁的年轻人，多数为独生子女，他们成家后要照顾四个老人。大多数年轻人都有自己的事业，如果放弃工作和学习专门去照顾双方的老人，生活上就没有了经济来源。如何处理好家庭与工作间的矛盾？请亲戚、朋友帮忙，或花钱到中介机构聘用保姆，哪种方式比较合适，视各自家庭的经济条件而定。

俗话说“久病床前无孝子”。如果一个家庭的父母长期卧床不起，生活起居都由子女照顾，短时间可以忍受，但要三五年，甚至更长时间，就很难尽善尽美。日常生活中，久病在床的老人，其情绪时常容易产生波动，话语稍不投机就喋喋不休。分析其原因，有来自家庭经济的条件，有家庭成员之间的矛盾，也有心理上的压力等。一个生病长期卧床的老人，与外界很少接触，与过去的亲戚朋友，老同事、老朋友、老领导失去联系，也很少有机会与他们见面沟通，不了解外面世界的精彩，久而久之在心理上就产生抵触情绪，常常饭菜不合口味，动作稍慢就发牢骚，口不择言，乱摔东西，就易激发矛盾，作为子女要有一定的忍耐性，以回报父母的生养之恩。

《常回家看看》这一首歌词写得非常好，一时风靡祖国的大江南北，对众多的家庭都有一定教育意义。作为子女平时不管工作有多忙，或有多辛苦，在节假日，或工作之余都要抽出时间到父母身边，说说话，与父母拉拉家常，减轻父母心里的孤独和忧愁，让他们树立生活的信心，有一个健康的心态去面对生活，面对社会，战胜病魔；有时间，经常带他们到公园散步，吸收新鲜空气，参加简单的体育锻炼，社区或老年协会组织的各种健身娱乐活动，提升自己的生活质量，有经济条件的家庭，子女到双休日或节假日带父母到郊外湖泊采风，或短途旅游，使老人享受领略大自然的美丽风光，愉快地安度晚年生活。毕竟，最美不过夕阳红。

一杆正义与良心的秤

“吴楚要冲，包公故里，钟灵毓秀”，说的就是肥东。

包拯，庐州合肥（今安徽肥东）人，北宋时期著名的政治家、思想家，历史上的清官典范，为官刚正不阿，以清正廉洁闻名于世。

翻阅史书，寻觅包拯年轻做官时曾写下的明志诗：清心为治本，直道是身谋。秀干终成栋，精钢不作钩。仓充鼠雀喜，草尽兔狐愁。史册有遗训，毋贻来者羞。

这首诗充分体现了包拯为官的思想境界，清心寡欲，廉洁奉公，正身立朝，无私无畏；立志做国家的栋梁之材，刚正不阿，努力使国家富强，坚决铲除奸恶，做无愧于先贤和后人清官廉吏。因此，不管在什么任上，包拯始终效法古代圣贤先哲的立身之道——为国尽忠、不忘初心、以民为本，这深得当政者的信任，深受民间大众推崇，被人们誉为“包公”“包青天”。

俗话说：“人过留名，雁过留声。”古往今来，人们皆十分非常珍惜自己的名声操守，一个人生活在世上的名声的如何，对于一个人成长轨迹起着极其重要的作用。从包拯的《书端州郡斋壁》明志诗来看，人们颇受点滴感悟和启迪。这也是包拯为官一生的真实写照，也是一直烛照着后人前行的航标，让后世为政为官之人，永不迷失方向。

《书端州郡斋壁》这首明志诗，真正明示了包拯年轻时远大报国志向和抱负。诗的前两句“清心为治本，直道是身谋”，明确提出他做官的言行与准则，做人要正直，做官要清清白白。民间流传一句谚语：“当官不为民作主，不如回家卖红薯”，讲的就是这个简单道理。“秀干终成栋，精钢不作钩”，此句进一步阐明一个人要成为国家的栋梁之材，必须要顶天立地，在社会实践中经受锻炼，有一种风吹浪打不动摇的英雄气概，经千锤百炼方成为精良优质钢铁，绝不能随波逐流，被制作成渔家钓钩之类工具。“仓充鼠雀喜，草尽兔狐愁”，这才是包拯从政的政治目的和宏大志向。为了让普天下百姓五谷丰登，仓库充实，百姓生活殷勤，燕雀吱吱高兴；开荒种植，杂草尽除野兔、狐狸无藏身之地而发愁。“史册有遗训，毋贻来者羞”，古代的古籍史牒有不少圣贤的训诫，做官者一定要清正廉洁，用现代人的时髦话来说，就是“当官不发财，发财不当官”。否则，以权势敛财，将遗臭万年，遭受世人之唾骂。包公以此诗作为自己的座右铭，言必信、行必果，表现出包公高尚的为官道德情操，终成史册留名的一代清官典范。

不忘初心，方得始终，就是不要忘记人最初时那颗本善心。包拯一生一尘不染，端州留美。据史书记载，他端州三年任满离开时，船出羚羊峡，突然波浪翻腾，狂涛骤起。包拯心里感到事有蹊跷，立即查问手下人，原是端州砚工为表达对包拯体恤民情的感激之情，托人送来一方用黄布裹着的端砚。手下人见是一方石砚，并非金银珠宝，即收下了。包拯认为这事有损名节，不能收下，退回去又不能，他坚守清白，毅然将端砚抛入滚流江水之中。包拯严守底线的崇高品德，值得我们后人去诫勉、去品味、去品尝。

我们处在一个伟大发展变革新时代，作为国家公务人员，应努力学习包拯为官的崇高精神，为官一任，造福四方，“不忘初心、牢记使命、方得始终”，永葆革命操守，管好小节小事和家人，防微杜渐，做到“常在河边走，就是不湿鞋”。然而社会上却有少数干部心存攀比心理，因为手中有权，意志不坚定，常被一些别有用心的人拉拢腐蚀，面对形形色色的诱惑，渐渐放松警惕，忘记当初入党宣誓和铮铮誓言，忘记初心，降低了一个党员干部对自己最起码的标准和条件。事物发展都是由量变到质变，破坏了人生底线，大搞权钱交易或色情交易，严重违背党纪国法，引来了铁窗牢狱之灾，给家庭和社会带来不可弥补的损失。

忠诚是思想高地，干净是做人底线。做官者要自身行得正，守纪律，讲规矩，严格遵守党员干部的若干规定，始终坚守人生信仰和精神追求，坚守纪律和道德防线，经得起社会上各种不正之风的诱惑，守住清贫，耐得住寂寞，稳住自己心神，做到胸中无杂念心无尘染，常存浩然正气，坚定不移地按照自己初心和初衷，去践行自己的人生价值目标，常修身慎行，清廉自守，守住为政之本，永葆共产党人的青春本色。

包公后人，遵照包公家训，品质和包公一样，弘扬祖德，没有给“青天包大人”丢脸，而且还形成了包氏家族特有的家风——孝肃。而今，在包公的家乡——肥东包公镇正在建立包公文化园，打造具有时代特色的包公文化品牌，传承包公思想，弘扬包公精神。

包公一生为官，用自己的行动诠释着一个“清”字：清廉、清明、清正。“两袖清风，一身正气”，为民办事，做到公平、公正。为官者，只有做到清明，心中时刻有杆秤，坚持办事的原则，敢于同社会上邪恶势力作坚决的斗争，不让贪官有立足之地。为官者，身在其位，必谋其政。以法律为准绳，不以权谋私。只有把老百姓的冷暖装在心里，为其谋福祉，才能被人民永远记住。

包公沿着历史的黄尘古道，已经走了九百多年，一去不复返了，而他的伟大精神，却永存人世间，活在黎民百姓的心中……

肥东的“香格里拉”——泉山

泉山，肥东人的“香格里拉”。

香格里拉，在藏语里的意思是“心中的日月”，因此说，香格里拉是因梦而生的。梦中的香格里拉瑰丽多姿，让人欢喜、让人沉醉，甚至有点让人痴狂……

泉山——西山驿昂集。西山驿地处土山之西。史料记载，春秋时属古邮驿，后成为马站、驿站，专供传递信件、公文的人歇息、换马，也是护送粮饷钱公文专用线上的歇脚点。相传孔子周游列国时，从巢县往西走，到土山顶上，天色渐黑，人困马乏，听说山下有驿站，便取道下山，到驿站门口，孔子累得直喘气，说：“人到西山马到驿，落日巧遇栈歇息。”西山驿因此而得名。

西山驿昂集地处大别山余脉，群山环抱，平均海拔约一百米，是一个典型的远郊山区农村。20世纪六七十年代，昂集村的房屋大多修建在一条主路的两旁，门与门相对着，村民开着零星的小商店、理发店等。村里人把人口密集的“集东”

“集西”的地方称为“集上”，到这里交易或购物，称为“上集去”。追溯历史的变迁，昂集的繁华是从乾隆年间开始的，当时这里逢单开集，与相邻的西山驿站逢双开集遥相呼应。

在“集上”，有一处令村民非常自豪的古建筑——父子进士祠。祠堂大门是八字门，左右各立有一只雕刻精美的石鼓，门口的石碑上写着“安徽省重点文物保护单位”——父子进士祠堂，祠堂外墙为青砖灰瓦。近年来，经省文物部门拨款对祠堂修缮如旧。祠堂内，大梁刷红、立柱粉黑、云龙木雕等构建依然光鲜。庭院还植有两棵天竺树，枝头皆是火红的树叶。

昂集村以昂姓为主，村中保存完好的清朝康熙年间建造的昂绍善父子进士祠，距今已有三百多年的历史。昂氏是一个多民族、多源流的古老姓氏群体，但在姓氏排行榜上未列入百家姓前五百位，昂姓的人口在全国也仅有一万多。很久以前，少数民族一列人马为了躲避战乱逃到这里，看着泉山，其形酷似一只展翅欲飞的凤凰，经一位风水先生测算，这是难得的风水宝地。于是就此停留了下来，诞生了这个古老而神秘的小山村。这里的山地，经过长期的阳光雨露滋润、土壤湿化的变迁，形成一座天然的泉山林场，也流传了很多鲜为人知的传奇故事。

走过了昂集村，就是走进绿色天堂。这里是一片绿色山坡，就像天然的氧吧。竹生空野外，梢云耸百寻。一片竹林，满地的竹叶，地毯一般松软。过去流传住在竹下的村民，“宁可食无肉，不可居无竹”。竹，乡村人家必备的风景，亭亭而生，玉立于房前屋后，守护一家的风水，印记着乡居主人的气节。在林场门前有口“不老泉”，井水清澈，伴随着一丝甘醇，水里含有多种微量元素，喝了能让人长生不老。过去，村民们喝水炊水都从这井里取。泉水是取之不尽，用之不竭的源泉。

泉山林场，由于群山包围俯瞰犹如一只凤凰，被称为“凤凰宝地”，树林郁郁葱葱，景致优美，绿草茵茵，春暖花开之时，鸟语花香，果树满园，竹影如海，是大自然美综合体的象征，那百亩树林让人们感叹大自然的神奇力量。

百年朴树九枝丫。当你来到昂集一棵茂密的大树下，树四周有水泥护栏围着，树上有一张“名片”——“小叶朴、树龄150年”。当地人称这朴树是林场的“镇场之宝”，具有灵性，上面拴着许多红绸或红线，随风飘动，村里人患感冒小病时，过来烧炷香，求个平安。俗话说，人无十全，树无九杈。但是这棵朴树它确有九个枝丫。其中一个树丫枝叶过于繁茂，以致把自己给压断腰了。

走在泉山林场的竹林幽径，看着两边拔地而起高大挺拔的竹子，早晚时分，听着鸟叫声，竹影如海的意境让你忘却心中的烦恼。有林业专家说，这是肥东乃至合肥地区最大的一片自然竹林。林场的鸟类有数十多种，画眉、斑鸠、白鹭等。清晨，当你站在林场高台上面，看到成千上万只白鹭飞上来的壮观场景，十分迷人。这里除了鸟类，林场里还有许多果树。如果你留意观察，在晚间或早晨，也会发现山鸡、野兔等动物，在竹林飞走或窜动。这里有村民们巡逻看护，不让猎人捕猎，否则罚款处理。

泉山林场由泉山、松山、阴山、小翠山、石头山等群山包围而成，约四公里宽。当人们站在林场门前高高的场地上俯视前方和两侧，前方的山酷似凤尾，两侧的山仿佛凤凰的翅膀，而林场场地前方凸出的高地俨然就是凤凰的头和颈，而那棵百年朴树正好像是凰之冠，看起来，就像一只绿色的庞大的凤凰正欲振翅起飞。因此当地老人都称这里是“凤凰宝地”，而那棵百年朴树，当地人又把它称作“凤冠朴”。

泉山，这里还流传着一个美丽的故事。传说当年一只修炼多年得道成仙的凤凰寻找栖息之地，途经泉山，降下仙身，构筑仙境，因泉山与周边的四座山也有合称为凤凰山之说。泉山因泉而得名。相传很久以前，有一年，久旱无雨，当地百姓上香拜佛求雨，仙凤凰挥动锋利的爪子开凿，泉水汩汩流入山下农田，万物复苏，苍生得救。

肥东是拥有百万人口的农业大县，青山绿水，风景秀丽。旅游线路有岱山湖、浮槎山、龙泉寺、白马山、长临老街、环湖大道湿地等。近年来，旅游文化部门计划开辟旅游新线路，西山驿昂集泉山就在其中。前些年，有肥东乃至省内外文人墨客拥入肥东，来到这里采风体验生活，专门撰文描述这里的人文景观。这里原生态景色迷人，有古老的原始山村，有父子进士祠，有万亩松涛阵阵，有竹林入云，有泉水甘甜，有野花漫山遍野，有白鹭翱翔，还有一个拥有丰厚的历史底蕴的道观。

道观泉山相连，泉山与巢县接壤，是肥东人清晨迎接第一缕阳光升起的地方。泉山道观，肥东为数不多的道观，道观四周是环境优美的泉山林场，竹海在侧，松林环绕，幽静、天然，恍如世外。道观林木深，山群峰环抱，自然资源造就了这里的世外桃源。

这里的村民环保意识强，自觉做到培林、爱林、护林，从不乱砍滥伐。从 20 世纪 50 年代开始，外界人群被谢绝进入，因此，这里天然的绿色屏障一直没有受到外界干扰和人为破坏。青山不老，绿水长流，道观永存，富强平安，让绿色永远普照肥东大地。

炊烟袅袅忆往事

一

肥东地处江淮分水岭地带，多地呈现一马平川的平原地貌，可在我的家乡石塘、王铁一带，却高高耸立一座浮槎山（当地老百姓叫东大山），最高峰有 418.1 米，素称安徽的“北九华”。

浮槎山，在民间因神奇的传说而闻名遐迩。

相传久远的古代，人间与天上，凡人与仙人为了亲密往来，在每年的八月，乘槎（木筏）从海上至天河。浮槎就是往来于海上至天河的木筏。据《博物志》一书记载：“旧说云，天河与海通，近世有人居住者，年年八月，有浮槎去来，不失期。”那山原来是个木筏子，是仙人从人间上天的交通工具，故此而得名浮槎山。

北宋大文豪欧阳修撰记《浮槎山水记》闻名天下，使得浮槎山成为历代文人墨客常常登临游览的胜地。尤其是山间的清浊二泉，一方一圆并立，“方形”与“圆形”是两种格格不入的图形，“方正”与“圆滑”，谈到“方池清泉”让人联想到：为政清廉、两袖清风；谈到“圆池浊泉”让人联想到：做人世故圆滑，贪鄙污浊不堪。

站在高高山顶，俯视浮槎山，一眼望不到边的万顷良田，村庄房屋建筑风格独特，高低错落，千姿百态，仿佛一处“世外桃源”。居住着的王、马、阚、陈、李、周、宋等十几大姓氏，他们在这片肥沃土地上耕作生存，世代繁衍不息。据有关姓氏家谱考证，这些人家有三百多年历史，子孙也有十代以上。

浮槎山下分布石塘、文集、马集、王铁地等几个大集市，这里有赶集的传统习惯。赶集，这种生活习俗自古以来有之。追其发源，何时形成无法去加以准确考证。追其原因，仍依照当地的民间风俗习惯、经济发展状况，在原始积累尚不发达的时期，通过人群分布，居住、交通、自然环境等因素综合评估，由所在地方名望绅士或家族族长，或是由几个大姓氏的代表牵头，他们相聚在一起研究商讨，以农历日期，最后定下逢集的时间，这个时间一经制定不得轻易更改。集市的设置，一般以人员分布疏密、流动量为重要参数，有的地方定十天逢四集，称作二四七九、三五八十；有的地方定双号即逢集，称作二四六八十；也有的地方穷乡僻壤人员稀少十天逢两集。不过有一些不成文的规定：双数为逢大集，单数为逢小集；对相邻两地逢集日期，在制定时要相互错开。肥东西山驿与昂集两地相隔不远，昂集的繁华是从乾隆年间开始的，当时这里逢单开集，与相邻的西山驿站逢双开集遥相呼应。如此有利于采购时物品更加集中，更加便捷。逢集时，买卖者从四面八方云集，购买家中需要的生活用品。古语云：乡僻之地，贸易有定期，及期买者卖者四方云集一地，每逢集日百货俱陈，四远竞凑。大到牛马牲畜、蔬果米粮，小到一应生活日用品应有尽有，如衣料、油、盐、酱、醋、耕地用的锹、锄头、犁、耙等农具，还有各种农副产品交易。

人们来到集市赶集，或走亲访友，或喝茶聊天商谈，看小倒戏、听大鼓书，享受人间乐趣。

自古以来，中国民间流传一种俗语，叫作靠山吃山，靠水吃水。离山沿脚下一代老百姓，祖辈居住，享受一种山区特有的生存环境、苍天大地给予的生计恩惠。凡山区有一定的自然资源，如松树、山草、药草、黄花菜、山鸡、野鸡、刺猬、野兔等。过去，山区有的农户以打猎贩卖为生计，后来被政府禁止。这里，还有一种自然特色的固体产品，家庭盖房垒墙取之不尽、用之不竭的物料——石头，过去有的公社（乡）办集体企业，成立多家石料厂。他们随意在山上乱采伐，严重破坏当地的自然环境，导致水土流失严重，早几年，地方政府部门实行集中整治统一关闭，还一片青山绿水，还几许鸟鸣清音。

我的家就在浪波塘边。马氏先祖马士龙曾跟随朱元璋一起打天下，建明朝后受封为将军。后世子孙香火传递，至清朝乾隆年间，先人怕辈分排序错落，开始建祠堂、续修家谱，至今已有26代。据《马氏宗谱》记载，马氏始迁祖马士龙原籍北直宛平县仪凤门，明洪武二十年（1387年）迁徙到肥东浪波塘下居住，后人就用他的名字为村子命名。此后三四百年中，马氏逐渐开枝散叶，成为当地一大族。清朝乾隆甲戌年（1754年），由十三氏孙马嘉谋发起修建祠堂，族人“或按亩科费，或计丁出资，经营盘折，劳力劳心”“共费二千余金”。十三年后，也就是乾隆丁亥年（1767年），祠堂才完全竣工。此村离浮槎山有十几里路程。

过去，村民脸朝黄土背朝天，过着“日出而作，日落而息”的农家人生活，一年四季依靠种庄稼维持生计。农闲时，捕鱼、镟鸡、织布，做些木工、瓦匠活补贴家用。田里庄稼，遇上好的年景，风调雨顺，有了一定的收成；若遇上干旱、水灾、虫灾，老百姓受苦受难，有的甚至举家外出要饭，或给人家当用人，以度过饥荒。

二

人们常说：起床开门七件事，柴米油盐酱醋茶。“柴”位于这七件事之首，足以说明它在日常生活中占据的重要地位。

柴，即柴草。提到柴草，自然得说说柴火。那么你知道当年烧柴火是一种怎样的场景吗？上了年纪的人一定还清楚地记得，从前，农村做饭烧水依赖柴火的人家，通常都会在灶间、过道里或大门前的屋檐下堆满稻草、麦草、棉秆和木柴……那时，一个家庭的厨房自然也就少不了一个大灶台、大小锅、一个风箱，并且灶后（俗称锅洞）还堆着玉米秸、干树枝和杨树叶。那时，农村人家砌锅灶，讲求节省烧料和适用性，竖高的烟囱便于排烟。有的家庭，还在大小锅和烟囱的中间装一两个用生铁铸造的“小井锅”，灶膛备上两个泥烧制的罐子，锅灶外围中央部留下一个凹洞，看上去方方正正的，遇上雨雪天气，大人小孩鞋子淋湿便在内烘干。农家人，常常在烧饭之前，将小井锅和两个泥烧罐子装满水，饭烧好水也就热了。冬季家庭成员围着灶台四周取暖。农家人的灶房灶台，用脱土坯或砖砌成的锅灶，若是新建落成的房子，或锅灶用的时间长，或重新砌锅灶，在烟囱柱上一面，经过白石灰粉刷白一新，上面书写着“水星高照”“自力更生”“艰苦奋斗”“勤俭节约”之标语，以此自勉。同时，请亲戚或邻居上门吃“涨锅饭”，意味着一件家庭大事落幕。今年国庆节期间，我去含山一处山区游玩，到过去一个知青安置点参观，那里保留一排旧平房，屋内陈设老式旧家具、米仓、碗厨、锅灶等，它们一一呈现在眼前，一下将我带到四十多年前那难忘知青岁月，长时伫立，浮想联翩，难以忘怀。

农家人烧饭，将柴火点着放进锅灶膛里，柴火映得通红，左手拉风箱，右手添加柴火（由灶膛方位而定），哼着小曲，左右手配合自然默契。在那火红的年代，农家小孩子十多岁就学会烧饭、挑水、喂猪等生活基本技能，这是生活在那个年代的人的一段真实写照。

烧柴火的那些年月，烟火是农村孩子一团最可亲的记忆。炊烟袅袅，记录着生活，普通人家的喜乐哀愁，抹不去的乡情、乡愁，见证着乡村生活的点滴，时代的发展变迁。

20世纪六七十年代出生的农村人，有一段砍柴耙草的经历。

农家人平时生活烧饭烧水，只有靠生产队分得的大小麦秸秆或棉花秸秆，剩下就靠在外边田埂、河边等处砍些杂草、柴火之类，晒干后当作柴草。那时，农田一眼望不到边，农村田埂、小山坡秋季后杂草丛生。尽管如此，农家的柴草还是不够用。在物资匮乏的年代，家中如有人在外当工人或干部，吃国家商品粮供应，弄到计划煤票，这样买一点有烟煤或无烟煤贴补，可有效缓解生活燃料不足之苦。俗话说：巧妇难为无米之炊。否则，即使有米也煮不熟饭，只能望米兴叹。为应对家庭燃料紧缺的状况，那的农村冬季农闲时候，老人在门前晒太阳，忍饥挨饿，家有劳动力则上山耙草。

靠近山沿边一代的农家人，日常的生活柴草不用愁，生产队按人头分到一块山地。春季，山草在雨水滋润下旺盛生长，到了秋季茅草长得有成人那么高。只要有劳动力上山砍草，晒干后用肩挑或用板车拉下山、拉回村，农家每户都堆上一个大草垛，高高地耸立在门前场地上，从远处看，似一座座小山丘，这在当时，是山沿农家人生活殷实的一种象征。那年代，沿山一带村庄“皇帝的女儿不愁嫁”，农家父母不为婚嫁儿女操心，家中条件稍优越一点的，被当地媒婆踏破门槛儿。如果还有多余的柴草，便在当地逢集时拉到集市上卖，换取一些生活费。

远离山区的农家就没有那么幸运。在每年的冬天农闲时，村上男女壮劳动力早早凑齐商定，从广播收音机听准天气预报，何时天晴、何时阴雨天，再计划何时集结一起上山耙草。一年中，有的家庭上山耙草要少则三五天，多则十天半个月。

那时，早晨一般在公鸡打鸣声叫两三遍，农家人就起床洗漱、煮饭，吃饱饭后，带上小布袋准备的食用干粮（一般蒸山芋或粑粑饭团等），耙草用的耙子、扁担和绳索，脚穿一双解放鞋。年轻人一路欢歌笑语，东南西北谈个不停，往往赶到山上时，东方才刚刚泛白，但不久迎着一轮初升的红日，万道霞光映照在高高的山坡上，此时此景光照人间，给耙草人带来生气，带来好运，带来一些收获。他们不停地在山间，像运动员你追我赶，忘我地耙草。屈指算来，一天也奔走几十或上百里路程。到晌午小憩一会，食用自带干粮，喝口山间长年流淌着清甜泉水，困了在山上稍打一会儿盹。耙草人知道，在山上有专门的护山老人，人称“看山佬”，看年龄是长者，长年独居山上草棚，生活用品由山下家里人提供，生产队上记工分或给予补贴。其性格凶悍，往往嘴中叼着大烟袋，留着长长胡须，人见人怕，但也有相反的个例。山上有一条不成文的规定，即家山（分给当地生产队社员草地）不让外人去随意耙草，原因是怕损伤草根和周围小松树，影响来年生长；可野山却是高凹不平，由于阳光照晒和雨水不充足，野草生长缓慢，且长短不一难以耙草。因此，有经验的耙草人老谋深算，用手指切准时间，像侦察兵侦察到“看山佬”上山下山，具体作息时间、山间的巡逻活动规律。一般早上在其尚未起床，或午休时去家山偷耙草，耙到的山草放在半山间松树下，或分几个不同地点隐蔽处存放，做上一些小记号。否则一旦被发现，一根火柴会将所耙山草化为灰烬。

有一年冬季，我从学校放假回到村庄，为了过年家中有柴草烧，过一个温暖舒适的春节，早早准备好耙草的工具，学着跟着大人一起上山耙草。那年上山四五回，由于缺少干农活经验，对耙草的技能掌握不够，糊里糊涂跑到家山——盘石山耙草。据说这山上有一块“飞来石”会说话。相传很久以前，南北斗星在这块石头上画了一个棋盘，常飞临下棋。太白金星云游四海的时候，看到下棋的南北斗星，便降落与他们谈天说地，棋盘石也因此而得名并名传千古。有一次在盘石山上耙草，不知为何被巡山的“看山佬”发觉，被撵得山上山下团团乱转，最后竟然迷失了方向，连东南西北都辨别不清，也耽误了耙草时间，直至太阳西下，只耙有十几斤草。中午的干粮也吃完了，下山的时候，心里饿得直发慌，眼前一阵阵发黑，走起路来发跄，当走到在半山腰摔一跤，手腿鲜血直流，幸亏被下山的同村伙伴及时发现，上前来引导我一道下山。当路过原来马集公社联建大队九龙水库村，前面牌子上有一条醒目标语：提高警惕，保卫祖国，准备打仗。我实在饿得两腿发软，走不动路，就将草放在路边歇息一会，小眼一眯，从远处看到部队的营房有一扇门开着，估计部队刚吃过晚饭，于是鼓足勇气，与同伴一道去敲开一个炊事班的门。这时候，有的战士走在回营房的路上，有的战士在路边三五成群散步，有的在球场打球，饭堂内好像还有人正在打扫卫生。我们用手敲开门，他看我们是年轻农民，我还记得那位炊事员姓李，他问干什么事，我说明情况和来历，是山下马集周围那个村庄。他听说“马集”两字，一下子愣住了，但马上就转身去厨房开门，拿了 4 个剩下的馒头给我们，我们接过坐在地上一口气吃完后，恢复了力气，大踏步往回赶，直到天黑才回到村庄。

时过境迁，耙草一事，虽然已经过去四十多个年头，但我记忆犹新，每当回想起来，深感那时农村生活的贫困、潦倒和艰辛。第二年秋天，中央军委下达冬季征兵命令，我中学毕业赋闲在家，当时抱着试试的心态，参加大队、公社、区里三级体检，光荣应征入伍，穿上空军军装。那之后，我便再也没有去耙草了。

在部队时，干部战士轮流到中队厨房帮厨、监厨。在厨房，我受益匪浅，学到懂得颇多，会做一手面食的绝活，包饺子、包花卷、烧菜等烹饪技术，就是跟炊事班长学会的，受益终生。有时干部战士吃过饭，我们负责食堂打扫卫生、择菜，为下顿饭做准备。过往营区的老百姓也会来附近捡柴火，有时饭点来饭堂吃饭，我乐意与他们闲聊一会，问问家住哪里，家中有几口人，请教些广东地方白家土话，随手做人情送上几个白面馒头。有时看着来的人少，有老人或小姑娘，在饭堂后面留下他们饱食一顿。看着他们一张张似柴草熏黑的脸膛，不免想起，那曾经上山耙草的岁月，不由得从内心同他们产生一种共鸣。

三

时代在发展，各种燃料也在不断升级。进入 70 年代后，农村有的地方开始使用上煤。蜂窝煤一度“流行”。燃料煤分为有烟煤和无烟煤两种。有烟煤主要是工业之用，无烟煤是生活之用。计划经济时代，以前的无烟散煤堆放于露天，上面用雨布或搭建简易帐篷遮盖，从烧料公司购回的散装煤，用袋子盛装，按照土与水一定比例搅拌，然后手工做成一定形状的煤块，在太阳晒干后使用。蜂窝煤是经过工业机械简单加工，其特点是经济卫生，也是当年城乡居民颇受青睐的一种生活能源。它是一种圆柱体形状的人工制作煤块，上面有竖直穿心的孔，一般为 12 个，形似蜂窝，故被人们称为蜂窝煤。因为具有上火快、持续时间长（一般 2 至 3 小时）、效率高，燃烧后不散渣、不易破损等优势，曾一度受到人们的欢迎。

原来，用蜂窝煤烧火做饭，需要将它放在专用的蜂窝煤炉里燃烧才使用。几个小时后，待下面的煤燃尽，从上面放进一个新的煤块，使劲一压，将旧煤与新的相分离，下面的煤块燃尽垮塌，这样即换煤成功，煤炉得以继续燃烧。那时家家户户都会配备一套烧煤必备的工具，如夹煤的专用火钳子、煤钩、通条、煤渣桶、扇子等，晚间睡觉时不用煤炉“封火”，煤炉上面盖有带中孔的盖子，或将炉子下面活门盖关闭，待次日早晨将门盖开启，新的一天生活也就在红热的火炉里开始。

那时，“生炉子”“封火”也成为小孩要学的一项必备生活技能。20 世纪七八十年代，城里人生火做饭、冬季取暖唯一的燃料就是蜂窝煤。不管一个家庭有几口人，家家户户都需要一个燃煤做饭和烧水的炉子，到了寒冷的冬季，一家人围坐在一起取暖，则更离不了蜂窝煤，更离不开带来温暖的炉火。年复一日在大人的教导下，小孩自然也就学会日常换煤烧煤的技能。

计划经济时代，国家能源短缺，唯有吃商品粮的城镇居民才享受蜂窝煤。蜂窝煤按月，或按季定量计划供应。那时城市里每户居民都有一个购煤“煤折子”，每月供应一次在上面登记，每年初核定家庭人口，确定供应数量。星期天放假是购煤日，燃料公司煤场成就了大人小孩子排长队购煤的场所……

随着蜂窝煤越来越多地被使用，它的缺点也逐渐显现出来。每到做饭的时候，厨房总会弥漫一股浓浓的煤烟味道；用煤炉做饭时，有时要不断地扇风，让炉火烧得更旺才能炒菜，等到饭做好了，满屋的煤烟也把人呛得喘不过气来；燃烧后的煤渣还要定时清理，费时麻烦；家庭成员在晚间休息或不使用炉子时，还要将屋内门窗打开一扇，做到通风空气对流，否则会造成一氧化碳中毒。随着社会经济的发展，液化气和天然气逐步走进大众生活。

液化气、天然气被称为“新能源”。记得20世纪80年代中期，我从部队转业分配到税务部门，刚开始在基层工作两三年，后调县局机关上班。那时，我们税务部门生活福利逐步转变。有几年，每人发放两瓶液化气罐子，够两年使用的液化气票，我舍不得用，只有来亲戚和客人才使用液化气，平时家庭仍用蜂窝煤炉生火烧饭。以至于有几张30斤液化气票作废，还被爱人责怪一顿，说我太抠门。当时，我真感到有一点可惜。

由于工业化进程不断加快发展，到80年代中后期，罐装液化气开始走进百姓人家生活。由此，人们逐渐告别“一大早起来生炉子”的麻烦，每隔一段时间还要检查炉火有没有熄灭，摆脱那“烟雾缭绕”的厨房。发展液化气，极大方便了居民，提升了城镇人的生活质量。

天然气作为新一代生活能源，走进寻常百姓家，一经使用即成为“新宠”。天然气不仅纯度高，而且杂质少，可以减少燃具的维修次数和费用，延长燃具的使用寿命；且天然气在燃烧时产生的二氧化碳排量也少于其他化石燃料，减少有害气体和粉尘的排放量，缓解温室效应，既清洁又环保，极大地克服了烧煤带来的大气层污染；随着房地产企业掀起，建立高层楼房或高档小区，管道天然气走进千万户，使用起来快捷方便、节约、安全。综合利用天然气，安装热水器，不仅提高了人们的生活水平、生活质量，有助于改善生态环境和空气质量，成为时下一种主要的生活能源。目前，我们县城新建的楼房小区鳞次栉比，实现管道气通到室内，既方便又实现绿色环保，经济实惠；对过去老旧小区，政府部门列入一项民生工程，争取三年内改建完成，家家户户通上管道天然气，这是广大群众的殷切期盼。

从烧草柴、煤、瓶装液化气、管道天然气，一种燃料，一段往事。

回望生活能源变迁的历史，从短缺到充裕、从黑脏到清洁、从低效到高效，从污染到环保，人们向往着绿色低碳生活，“柴火”的变迁，折射出新时代发展，国家经济、百姓生活向着可喜的局面变革。曾经烧草、烧柴、烧煤的岁月，成为人们心灵一种温暖永久性记忆，而“柴火”变迁，向历史诉说了一段难以忘却“炊烟往事”。

黄其中的字

在中国书坛，黄其中是一个被遮蔽了的书法家。如今他的字和他的人都走入历史的永恒里了。

黄其中，安徽省肥东县包公镇人，从小喜习书法，1962年巢湖黄麓高中毕业考入合肥师范学院外语系，作品参加学校举办的书法展览。毕业后分配到新疆阿勒泰地区，业余时间坚持研习书法。作品多次入选新疆维吾尔自治区举办的书法展览和全国“储蓄书画展”等。1986年作品获“阿勒泰地区书画展”书法作品一等奖，亦有作品在多家报刊发表。曾任新疆书法家协会常务理事，伊犁哈萨克自治州书法家协会副主席。2015年病逝，享年75岁。

黄其中兄弟五人，他在家中排行老三。20世纪五六十年代，农村弟兄多的家庭生活较为困难。他大哥黄效吾那个时候正在读大学，毕业分配安徽大学物理系任教，现在已是大名鼎鼎的物理学博士生导师；老二黄其定是货车驾驶员，经常跑运输；老四黄其华高中毕业考取蚌埠财贸学院，因家中经济困难而辍学，婚后成为江苏某地一家的上门女婿；老五黄其国曾任民办学校教师。

据家乡的老人们回忆说，黄其中天资聪明，勤奋好学，当年由他在芜湖政府部门工作的叔父资助生活学费，平时礼拜天或寒暑假，他抽空来家干农活挣工分，有时到河边小水塘捕捉鱼虾，或挖黄鳝、钓泥鳅补贴家用。

黄其中体格强壮，是学校的体育“明星”，篮球打得漂亮，也是跑步健将。他起步快，百米短跑似箭飞一般，多次拿到运动会短跑冠军。学生时代，有时与同村同学上学，回来拎着“战利品”，这是他从树林或田埂撵来的野兔子。有几次，他远远看见田野上奔跑的兔子，瞅准方位，立即起步，不时地绕近，跑在兔子前面将其抓获。一年冬天，有一只狐狸常来村庄农家鸡舍“串门”，经过多次侦察，他掌握了这只狐狸活动规律和时间，有一次，他撵到离老家几里的河埂滩涂上，将这只狐狸捕捉住，晚上回来削去皮毛，兄弟及村上几个伙伴来家“打平伙”饱食一顿。

我与黄其中相识要追溯到二十多年前。1996 年，我在家乡石塘税务所任职，他回乡探亲，路过石塘到了我们单位，通过别人介绍，我才结识这位大名鼎鼎的“书法家”。其实，他的人品及书法造诣在家乡十里八村早已大有名气。同其聊天，他滔滔不绝地讲述新疆的少数民族风土人情，以及边界线勘察测量的艰辛等诸多趣事，知无不言、言无不尽。临别时，他留下几幅墨宝。一幅是为犬子马涛涛书写的草书作品《奋进》。那时，我儿子正在上初中，这幅字极大地鼓舞了孩子的学习斗志。另外，他还为我草书一幅李白的《赠汪伦》：“李白乘舟将欲行，忽闻岸上踏歌声。桃花潭水深千尺，不及汪伦送我情。”正好也契合我俩的友谊。由此，我俩便成了好友。

时过境迁。此次家中整理物品，发现黄其中两幅墨宝，格外惊喜，上面虽显现斑斑油渍，看上去仍有书法大家之风范，于是将字送到装裱店重新装裱，一段墨宝的轶事又浮现眼前……书写那天，笔墨宣纸是我亲自准备，起首章、姓氏、名章印还是我去县城找人雕刻，行内人士能看出印章稍有些瑕疵。

黄其中大学时专攻读俄语，毕业后一直从事测绘工作，曾任阿勒泰地区外事办主任（正处级）。工作三十多年，直至退休。阿勒泰地区位于新疆维吾尔自治区最北部，西北与哈萨克斯坦、俄罗斯相连，东北与蒙古国接壤，边境线长 1205 公里。由于地处阿尔泰山南麓、准噶尔盆地北缘，地势东北高、西南低。

中国测绘人通过多年翻山越岭、涉水奔波，掌握第一手翔实资料，精确测量、勘察了国与国之间的分界线，坚持寸土不让，寸土必争的原则。在茫茫的雪域高原，漫长的边界线上，由黄其中带领的团队，经过多年的不懈努力，校对完成图样，并绘制成一套完整的地图。这是国家最珍贵的宝藏史料，也是我们伟大祖国尊严的象征。

肥东家乡人，为这位出色的测绘人而倍感骄傲和自豪。

听黄其中家人讲，他在东北、山东、广西等地留下不少书法作品。广西桂林素有“山水甲天下，阳朔甲桂林”之称，桂林的山水是天下最美丽的，而阳朔山水又是桂林的山水中最美丽的！在旅游景区大门上，一幅“桂林山水甲天下”的字匾，就出自黄其中之手。

同时，黄其中有多本《黄其中书法集》行世。他的书法作品浑厚沉雄，墨色富有变化，刚劲有力，就像《奔腾年代》的列车，一路天涯，一路留下芬芳……

第二辑

闪光的日子

桑榆不言晚，红霞映满天。一息尚存，仍需努力，依然会用一种虔诚的心态，笑对生活，笑对人生，记录夕阳与晚霞，去照亮陌上花开的日子。

从军官到税官

揉一揉肿胀的眼睛，甩一甩麻木的双手，然后静静地靠在椅背上养神。

屋外，春雨正在潇潇地飘洒，风儿不停地夹着雨滴，一声声清脆地敲打在窗户的玻璃上，发出“滴答”的声响，天籁之中，夜色显得如此深沉。十多平方米的室内也显得格外冷清，环顾四周，一桌，一椅，一床，一辆半旧不新的永久牌自行车，再加上一个孑然一身、形单影只的“我”，便构成了这个小天地里的全部。一种难言状的寂寞与孤独，连同那料峭的春寒，一起缓缓地袭上心头，挥之不去，遣之又来。

我不是什么高人逸士，绝没有因红尘看破而超凡脱俗，无拘无碍；我也不是什么文人墨客，不会因多愁善感而触景伤怀、临风洒泪。我只是一个典型的凡夫俗子，在这彻夜难眠的风雨交加之夜，和所有羁旅他乡、孤灯独坐的游子一样，渴望能与亲人们相聚相依，过着幸福甜蜜的生活。

1976 年，19 岁的我便踏上南下的闷罐黑皮列车，远离家乡亲人和故土，来到祖国的南疆——广州，在空军某部当上一名机务战士，实现了儿时曾梦寐以求的夙愿。在蓝蓝的天空下，宽敞的机场停机坪，每天看到自己维修的战鹰，轰鸣着呼啸、翱翔在蓝天的丽日之下，茫茫的绿水青山之间，我曾为那凛凛的威风而自豪、骄傲！

长长的12年，短暂的12年。

1987年部队精简整编，裁军百万，部队为解决我两地分居的问题，批准我转业回到地方工作。我期待盼望的家庭之乐，终于变成现实。但是由于税收工作的需要，我又要远离县城，离开妻儿父母，来到被称为“西伯利亚”的磨店乡工作。磨店乡距离县城三十多里，人才辈出，人杰地灵，清末重臣李鸿章和爱国人士王亚樵就出生在这里。

日升日落，云起云飞。转眼间磨店三载春秋，每天清晨，我身着整齐的税服，头戴大檐帽，胸前佩戴“中国税务”税徽，骑上自行车，车龙头前挂着小税包，哼哼歌曲，行驶在通往集市坎坷的大众路上。在肉摊、商店、街道旁，认真查验、盖章、开票征税，挨家挨户宣传税收政策法规，培植税源，促产增收，为辖区企业加强内部财务管理出谋献策，直至夕阳洒下余晖，才返回税收小组驻地。尽管白天已奔波一天，晚上仍要加班加点整理税收资料，完成归档。

我分管的磨店乡税收，有二十个自然村，方圆三十多里，地区大，税源分散，少数人纳税观念淡薄，独自一人做税收征管工作，每年要完成十多万元税收任务，其难度不言而喻。税务人员每天接触企业和商贩，有时为征收一笔税款遭个别纳税户冷落，甚至谩骂，这是常有的事。有一次，我在集市上检查发现一个体屠商有疑点，问及其纳税情况，他说已经缴过税，但就是不肯拿出完税证明，且态度十分蛮横。我是军人出身，对此行为毫不示弱，既喻之以理，又晓之以法。在众目睽睽之下，他慢慢地低下了脑袋，慑于税法的威严，缴纳了应缴的税款。

1990年八九月间，江淮多地区连降暴雨。一天大雨滂沱，屈指一算，正赶上月底要报账，当我徒步走到半路时，独木桥被滚滚洪水冲塌，过往路人望河止步。然而这是通往税务所的唯一途径。前几天，所长来电话通知，本月税收任务紧，驻乡税务人员必须在月底前将税款报解入库，风雨无阻，这是无声的命令。税款报解，就像前线战士打仗的武器、弹药供应一样，一种强烈的责任感，促使我去战斗……

我从小出生在山区一带，不会游泳。只是在部队军训时学到一些简单游泳技术，真没有想到，在这关键时刻顶用得上。于是我身着短裤，左手划水，右手托着衣服和沉甸甸的小税包准备涉水过河。对岸的人群为我捏一把冷汗，一双双赞许的目光投向我，给了我莫大的精神鼓励。

从军官到税官，军装换税装，为国为民服务一个样。税务人员肩负为国聚财历史使命和责任，在税收实践中，逐步走向成熟。由于农村税收艰辛磨炼，我的意志更加坚定，处理突发事情更加果敢、沉稳，献身税收事业无怨无悔。我爱税收蓝，更爱那美丽古老的乡村，那里有我撒下的金种子，有我流下的滴滴辛勤汗水。

闪光的记忆

梦回军营，思念战友。

战友是曾经相遇过，同在一个军营、同在一个战壕里，相互学习、相互帮助，生死与共。战友是回忆以后的一种牵挂、一种记忆、一种情分、一种回味与感叹。

一日战友就是永远的战友。可是在部队时有的天天见面，并没人相互称呼战友，虽然在部队也不曾相识，大家来自五湖四海，为了保祖国的神圣使命走到一起。但是退伍、转业以后，我们却有了一个共同的名字——战友。

新时代的车轮开启军旅岁月的记忆。四十多年前，我有幸光荣穿上“三点红”绿色军装，实现那一代年轻人梦想，来到火热一般的绿色军营——空军某部机场。

开始我在场站新兵连集训，后来调到机务，经过八个月机务教导队理论学习，毕业分配到机务中队维护飞机，由老兵师傅精心指导与传帮带，三个月放“单飞”，独立完成一架飞机专业维护技能。从此，与飞机结下不解之缘。

那时，部队飞行训练如火如荼，战友们顶着烈日岗位大练兵，迎着风雨做机械日维护，常常穿梭在用泥土垒起的墙，四周被绿色树林环抱的机窝、宽阔的停机坪。机务工作十二载无差错，保障飞行安全。

多少个忙碌机械检查日，战友们战严寒、顶骄阳、熟练操作规程，精心检查，查找疑点、通宵达旦排除故障，让战机时刻处于良好待战状态，奉命立即起飞训练、警戒线战备值班巡航……

多少个晨曦，做好飞行前准备，飞机前列队迎接“天空骄子”身影不时浮现眼前。随着一声绿色信号划破长空，战机开车加油门滑行跑道，一阵阵清脆的轰鸣声渐时远去，迎着一轮新的朝霞，翱翔祖国万里海疆的蓝天上。

飞机一次次起飞、一起起着落，机组人员守候在着陆线，等待战机顺利返航。加油线增添各种油料，检查设备零件，更换轮胎，周而复始，度过一年又一年。

铁打的营盘，流水的兵，流水兵不会忘记军营。遂溪、福州、田阳、吴圩等机场，有我们洒下的热血与辛勤汗水，书写一代机务兵奉献青春与芬芳的华章。

光阴似箭，岁月流水。那昔日的歼击型战机荣光退役，第三代、第四代战机装备到部队，大大提高空军部队的战斗力，我们这一代机务兵也退休转行。

虽然回到地方三十多年，在每年建军节来临之际，依然眷念那昔日心爱的战机，将伴随它一起退役变老到永远。

有多少次梦回军营，保障飞机打靶训练、参加飞行作战演袭。那轰鸣飞机发动机清脆声，机场保障飞行的欢快声，时常在耳边回荡，好似一首美妙动听的音符奏响。军旅生涯那一段交响进行曲，军营那一段割不断的战友情，在生命中畅响，奔向那诗的远方……

永不褪色的军装

梦萦军营里，翘盼三十余载。忆峥嵘岁月，传承优良作风。

此次，有幸参加战友联谊会，其人员来自祖国 18 个省、市、自治区（直辖市），116 位战友，44 位军嫂。有 1959 年入伍的老同志，已到耄耋之年，也有 1982 年应征的年轻战友；有已退役 45 年的资深老战士，也有去年刚解甲归田，或转业，或退伍的军人。

梦牵军营，战友情缘深。一位北京籍 1968 年入伍的战友，其家属下肢瘫痪，为圆战友聚会的梦想，他弯着腰推着轮椅上的妻子前来参会；还有一位上海籍老兵，他刚退休享受将军级待遇，用轮椅推着原所在分队一位行走不便的老兵，千里赴会。

祖国南疆的七月，骄阳似火。就在三十多年前，我们都是一批热血男儿、有志青年，有的从工厂、有的从农村、有的从学校投笔从戎，来到祖国南海之滨——雷州半岛。那时，我们怀着对军人的崇高憧憬，穿上了军装。对军人而言，军徽是军人生命的图腾；军旗是指引着军人前进的不迷航标；嘹亮军号声吹响，让我们备感振奋、精神激昂。在军营，我们军容威仪严整，步伐铿锵有力。机场停机坪，锤炼了机务人员特有的坚韧、刚毅和果敢；艰难困苦，铸就了机务战士忠诚与勇敢。穿越那时光的隧道，回眸璀璨的军旅生涯，打开尘封的记忆，找寻青春飞扬的点滴，黎明的钟声敲响，在机务维护飞行准备中，做到一丝不苟精心检查；夜幕深沉，在寂静的机窝旁，追寻故障蛛丝马迹，通宵达旦排除疑难；放飞接机，在繁忙喧闹的机场“三线”（起飞线、加油线、着陆线），守望着那战鹰凯旋；常备不松懈，在严阵以待的警戒线上，犹如下山之虎威猛无敌……在忘我的机务工作中，培养成“团结坚韧，拼搏奉献，有责任，敢担当”的顽强作风。

部队优良传统，作风和纪律，是军人的宝贵精神财富。战友啊，战友，带着这个有温度的名字，一个充满情感的称谓。她经过血与火的洗礼，情同手足。叫一声老战友，胸膛里升腾起滚烫的一股暖流；在恒久的惦念记忆中，品尝青春芳华的浓浓醇香。

战友，今日的相聚，源自昨天的那段并肩作战的战友情缘。当来到阔别的营区，大巴车刚停下，战友们纷纷走进那昔日二层小楼，走进平房饭堂，走进那广阔的足球场……重新踏入那通往机场的小道。悠悠岁月，是苦也是甜，一切好像就在昨天！

当了一回兵，就像土烧成了陶器片，永远不会回到那土的状态。即便后来破成了碎片，但永远区别于土，每一个颗粒依然坚硬，依然散发着特殊的光彩！而土，就算是捏成了形状，涂上了绚丽的色彩，一旦受压，又回归松散，其间的差距，就是一场火的历练。

铁打的营盘流水的兵，流水兵永远不会忘部队。虽然战友们分散祖国各地，远隔千山万水，互联网通讯将他们日日连线。匆匆赶来相聚，对军营还有那份牵挂、那份情感，只为送上一句真情的问候，感受一次温暖的握手、一个有力的拥抱，一同高举起酒杯。

忆军营那段纯真的时光，追思那难以忘却的记忆，勾起那不可磨灭的军人情怀，战士的责任重于泰山，我深感机务战士那份沉甸甸的责任，颇感无上荣光与自豪！岁月如歌，战友聚会，收获的是喜悦、友谊，及彼此间的祝福。期待，下一次战友再聚。

军绿色的诗篇

翻开每个老兵的衣柜，里面都会有一套珍藏的军装，因为她曾经包裹着青春岁月的狂飙和理想。每个老兵都会在梦中循环播放军旅记忆的无声旋律，那是他们用生命的音符为国家人民谱写的最美乐章。

1976年7月28日，唐山大地震的恶魔瞬间吞噬了往日的美好时光，震灾压不倒的老兵又一次挺直了脊梁。在生死关头，10万军人无须有声的命令，昔日军装的领章帽徽会指引我们出现在人民最需要的地方。

多少年来，呼啸奔驰的列车承载着南行北往中华儿女的斑斓梦想，七彩南疆的沃土正是芳华绽放的地方。苍山的丽景映衬着红色的帽徽和领章，南疆的红土地见证着一代军人的茁壮成长。

蓝天白云与我们伴舞，飞行训练、演袭、转场、轮战是军旅磨炼最生动的课堂，崇山峻岭、机场跑道中的雨和汗早已浸透了军装。前辈们的优良传统永远激励着前行的斗志，保证飞行安全，用空中航线标尺、豪迈的正步把祖国的山河一寸寸丈量。

静静陵园里的香烟环绕着无尽的思念和忧伤，昔日朝夕相处的战友，如今却在异地长眠，我们在他乡伏碑跪地，为你再点一支烟、再敬一杯酒，我们的心里会永远记住你穿军装的威武模样。

几次挥泪告别了从军的第二故乡，依依不舍脱下几经汗沁褪色的军装。熔炉烈火炼金刚的经历我们从不后悔，当兵的一段历史让我们的心胸宽广充满力量。

四十多年前的军装，让我们成为一生牵挂不忘的战友；四十多年后的今天，军装让我们心潮起伏、热泪盈眶：我们的面容已沟壑纵横，两鬓白发丛生，我们都已成家立业，家庭和睦，儿孙满堂，安度晚年。

四十多年的岁月风云变幻，四海五洲激荡，人生苦辣酸甜历尽沧桑。一切都在悄悄改变，那唯一不变的就是融入老兵灵魂的永远不褪色的军装。

探亲假的记忆

独在异乡为异客，每逢佳节倍思亲。

为加速部队正规化、现代化、信息化建设，部队对干部战士探亲休假在地方规定的基础上多次重新修订。军人作为一个特殊群体，休息休假规定较为严格。

20 世纪八九十年代，部队条例规定战士服役期满三年后可享受探亲假，时间为 15 天（不含往返路途时间）；干部每年探亲一次，时间为 20 天；已婚者时间 30 天；双方若是现役军人，或家属随军生活，每四年可以享受探亲假。

近日，偶然打开在部队时的生活工作日志，一组数字映入眼帘：记录军营生活 12 年，在部队度过春节 8 次，分别在遂溪机场 6 次，广西鹿寨学习、空七军田阳机场各 1 次，回老家探亲 9 次，与父母过春节团聚 3 次。

部队春节战备值班任务紧张，严控探亲休假人员数目。但部队有一条不成文规定，大家发扬风格，相互推让，老兵让新兵，干部让战士。记得 1980 年 2 月，我第一次回乡探亲。临行前分队长、中队长找我谈心，耐心交代注意事项，如何购车票，特别要注意上下车安全……我约好俩老乡同学同行。那天早晨，从遂溪火车站乘绿色 161 直快车，到桂林站转车，改签昆明开往上海 79 次特快车，到大都市上海站转车，在上海车站附近小旅馆住一宿，第二天乘坐上海至合肥列车，从合肥乘汽车到肥东，然后再换乘公共汽车到老家。第一次探亲假我在家待 12 天，提前 3 天归队。那时候，战士或干部探亲回去带满满几大包行李，捎上部队所在地的特产，送亲友、送长辈，归队时同样满载而归。一般带上烟酒、家乡土特产供战友们分享。军营战友情亲如兄弟，如果听说哪位战友探亲，有送有迎，多数情况只能悄悄离开，否则部队的班车送行的人比走的人还多，蔚为壮观。

回忆昔日的探亲生活，经常买的车票没有座位，上车后，就设法打听哪位坐客到何地下车，有时站立五六小时。提干后享受卧铺待遇，但更是一票难求。春节期间探亲，正值春运，中转车站时常走正门上不去，借助于车上战友或其他人的力量，双手抓住车厢窗户爬上车，否则即使身体素质好也挤不上去。探亲过程的幸福情景难以忘怀，首尾有战友的惜惜送别和相迎，见到家乡父老的幸福热泪场景，一切劳累皆被抛到九霄云外。假期归队的情景历历在目，俗话说，距离产生情感和友谊，对我们军人来说体会颇深。

军营春秋

绿色为生活带来美丽和遐想，红花还要绿叶去衬托。绿色军营，是军人工作生活的大乐园，是锻炼军人的大熔炉。在那火红的年代里，军营，曾经是一大批有志青年梦寐以求的“天堂”，有多少热血青年，为报效祖国，保卫人民生活的安宁，远离亲人，远离故乡，来到这艰苦的军营接受锻炼和考验，养成军人特有的严明纪律性、吃苦耐劳的精神、不折不扣完成任务的韧劲，在军营中度过了人生中最宝贵的青春年华。

随着部队现代化、信息化，军事变革的不断发展，新装备高科技武器的不断更新，部队从精简到整编，到几次部队大裁军行动，一大批军队干部服从命令，听从指挥，顾全大局，恋恋不舍地脱下戎装，离开留下自己青春记忆的军营，加强和充实到地方经济建设之中。在地方的各行各业中，有一大批转业干部的奔波奋斗，艰苦创业的身影和洒下的辛勤汗水，他们虽不在军营、没穿军装，却依然发扬军人作风，爱岗敬业，行军人之事。

转业干部在部队经过血与火的考验，为国家和人民立下汗马功劳。然而他们不以功臣自居，转业到地方后，凭着对党对人民强烈的挚爱，对事业的执着追求，充分发挥在部队的特长和优势，很快地就适应地方工作的需要，成为各条战线上的一支主力军。

在他们中间，有的通过多年的不懈努力，走上领导工作岗位；有的成为所在领域的行家和能手、创新型人才；有的成为人们学习的模范标兵。沿着他们成长的道路寻找足迹，处处流露军营的芳香。正是军营的锻炼，才使他们意气风发，意志如钢，顽强地战斗在各行各业的第一线。

屈指算来，我离开军营已有三十多年，每当回忆起在部队的生活片段，一切好似都浮现在眼前。梦里醒来是早晨，人生如同一场梦，像似一转身，时光就将它揉成另一个人，梦里何曾觉啊！一觉醒来已过退休的老年！

20世纪80年代中期至90年代末，税务部门人员来源于三大渠道：一是部队转业干部，二是大中专毕业生分配，三是部分行业人员改行调入。戎装换税服，为国为民服务一个样。从部队转业到地方，我一直从事税收工作，肩负为国聚财的光荣使命，长期战斗在基层一线，从事过税收专管员、税收稽查、纳税评估、税收管理等岗位，深感税收工作的艰辛，亲身体验税收信息化带来的变革。税收工作是神圣伟大的，我们国家幅员辽阔、人口众多，国家的强盛，人民的和谐幸福生活，社会公共基础设施的完善与配套，没有强大的经济力量支撑难以奏效的。同时，我们应该清楚看到，税收工作涉及各行业与领域，千家万户，政策性强，联系面广，随着多种经济体制建立和发展，上市公司、跨国公司集团不断涌现，为税务人员带来新的机遇和挑战。国地税机构合并，税收征收管理工作难度更大，遇到的矛盾更多，唯有经常性地开展税法宣传，在全社会普及税法法律知识，让人们真正地了解税收、关心税收，支持税收工作，自觉树立“依法纳税光荣”的新理念。

在部队，军人要掌握过硬的军事本领，应付处置各种突发事件的发生，军人常讲“在战争中学习战争”。在地方从事税收工作，就要学习经济，学习税收，学习各行业的会计财务知识以及计算机实际操作技术，提高自己的综合素质和能力，努力把自己培养成为专业型、复合型人才，适应市场经济和税收信息化建设日益发展的需要。

在税收工作中，税务人员要敢于碰硬，不畏艰苦，不计较个人的得失，排除社会上各种阻力的干扰，为税清廉，不收人情税、关系税，多收工作辛苦税，应收尽收；做到“常在河边走，就是不湿鞋”，在税收实际工作中，严格执行税收政策，按规定的程序进行操作，利为民所谋，权为民所用，情为民所系。永远牢记一位将军的教导“发扬我军优良传统，努力做好税收工作”，自觉投入税收专业化改革之中去，迎接税收工作更加美好的明天！

微信捎来的传奇

战友曾经同在一个军营、一个寝室，相互学习、相互帮助。战友，是一种别样的情意，有永远说不完的话，叙不完的旧情，道不尽的喜悦，诉不完的忧愁与衷肠。就算有一天沧海变桑田，那些笑或泪，一起并肩战斗的画面，也会永远留在我们的心里，不会改变。

俗话说，当兵后悔一年，不当兵后悔一辈子。战友情至纯至真，就像玉壶冰水，似银色月光，让人心生透明、魂魄温馨。战友是一笔丰厚的人生才富，它不会随时间的推移而贬值或遗失，任谁也不会掠走你这笔的内心宝藏。战友，它是存在于我们心中最珍贵的记忆或真谛。在你失意或悲伤的时候，它给你抚慰；在挫折的时候，它给你提供价值感和方向感；在你老去时，可以回味、品味，使你重温那段激情燃烧的岁月，并肩战斗过的那个年代……

1981 年 4 月，我从军校毕业回到部队，被部队选调青年干部，调至广西空军某修理厂任职。

那里生活条件比较艰苦——当时修理厂有三个分队住在山坡上用铁塔架搭建的简易房，下雨时，外面下大雨里面下小雨；蚊虫多，有时还有蛇进入宿舍区。那时，我一度产生消极的念头，后来冷静下来思考，军人以服从命令为天职，既来之则安之，艰苦也是人生一种历练，慢慢地就适应了山沟里的艰苦生活环境。

1982 年 7 月，修理厂分来 5 名新干部学员，张建安就是其中之一。张建安从原空军某航空机务学校无线电专业毕业，在学校曾担任学员队副区队长、班干部，学习成绩优异，后入了党，被评为优秀学员。这批年轻干部的到来，给修理厂更新人才结构、输送新鲜血液，深受干部战士们的青睐。说来也巧，我们住同一宿舍（军械、无线电专业各有俩人）。我们经常在一起聊天，谈工作、谈理想、谈爱情。路遥知马力，日久见人心。我们成为好兄弟、好战友。他出身军人干部家庭，父亲曾是某航校飞行员教官，他毕业本来可留校任区队长或教员，但由于他是党员班干部，带头服从组织分配，第一个写下决心书，要求到最艰苦的地方接受锻炼和考验。但是来到部队真正面对艰苦的生活，张建安却一时难以适应，理想与现实的落差让他心里有压抑感，思想情绪一度低落，也不愿与别人多沟通，有时睡睡懒觉，常忘记吃饭点，还偶尔被领导批评。见此情况，作为一个老兵，我认为我有责任帮助年轻的战友。

那时，我们经常在傍晚时分一起到内场小道散步。平日里，我们一起看书学习，一起采访写报道，一起参加军民共建文明乡村活动；星期天，或节假日去县城设摊摆点，义务为当地群众修理家用电器等。慢慢地，张建安从失落中走了出来，变得积极向上，开朗乐观，逐渐适应了军营生活。我们也成了好友。张建安年轻有朝气，有文化知识，脑子灵活，办事沉稳，有一种不达目的不罢休的韧劲，为他后来调动联系工作奠定了人脉关系基础。我 1984 年 10 月调离修理厂，他回乡探亲，我们没有机会作最后的道别，便咫尺天涯。

由于 20 世纪八九十年代，通讯技术相对落后，我们阔别后彼此没有联系。1987 年我从部队转业到地方，一直通过各种关系探听他的通信地址，都一无所获。2017 年通过田阳修理厂战友微信群，找到当年我们同宿舍肖瑞清（河北乐亭 1976 年 3 月入伍），他也没有同张建安有联系。2019 年 8 月，修理厂举行战友联谊会，通过无线电分队长曾文朋，无线电师曾北红，以及相关人员查找张建安，均无音信。回来后，我想联系中央电视台《等着你》栏目，或河北电视台播《寻人启事》寻找，但 2020 年初被一场突如其来疫情耽搁。我心里都有一些绝望了，张建安，我的老战友，你到底在哪里？

2021 年 4 月的一天，我从外面办事归来，打开手机，马鞍山市战友李之建（他原航空兵某团机务大队副大队长）发来微信，内容是一位河北籍张建安战友在寻找我，并留了一个电话号码给我。当时我喜出望外，第一时间将手机号码发过去，果真是张建安，这就叫“得来全不费工夫”。原来，张建安在保定某旅行社与一位游客邂逅，经自我介绍，他们都曾服役于南疆空军某部两个不同的机场，那位战友姓查，张建安向其问及我的名字，他同期入伍战友有分在机务部队的，其通过原航空兵某团机务大队质控室一位北河老乡，联系到李之建，晚上他将我的手机号用微信发出，失联 37 年的战友，终于用微信重新建立起了联系，在手机上重逢。

我与“战鹰”有个约定

1976年，安徽肥东籍一批热血男儿光荣应征入伍，有650人被原广州军区空军各场站招收，专司场站后勤保障工作。到部队新兵连后，经过公社的代兵排长沈宝兔与部队领导协商、征求意见，从马集公社新兵中挑选10人学习机务维护与维修，我在其中。经过师机务教导队8个多月理论知识学习培训及实践，我被分配到外场维护飞机，从此，就与飞机结下不解之缘。那时维护是歼击六型飞机，它曾在国土防空中击落击伤多架敌机，立下赫赫战功。

教导队学习毕业，下到机务中队，经过3个月老兵传帮带，我第一个放“单飞”。那时，常利用星期天或业余时间，背数据、画线路图，烈日下飞机上岗位大练兵，风雨寒冷刺骨中做飞行机械日检查。军营十二载，机务保障安全无差错。

有多少个飞行或检查日，与战友们战寒冷、顶骄阳、熟练操作规程，精心维护，细心检查，寻找疑点，通宵达旦排除故障隐患，让战机时刻处于优良的待战状态，随时出征飞行训练与巡航。

南方气候四季如春，夏季四五点天空就放亮，听到哨声响起，战友们急忙洗漱，拎着工作包乘车奔向机场。不知有多少个忙碌的晨曦，揉一揉肿胀的眼睛，仰望着天空闪亮的星星，战友们精心做好飞行前准备，起飞线战鹰前列队迎接“天空骄子”的到来。一颗绿色信号弹划破长空，听到塔台指挥口令，飞行员与机械师熟练手示各种动作，战机开车滑行，随着飞机一阵阵清脆的发动机轰鸣声，迎着一轮朝霞，战鹰翱翔于祖国辽阔的蓝天，巡视万里海疆。

夜晚，机场各种信号灯编织出一片五彩缤纷的光海。战机与月亮相伴、与星星为舞，就像一支支金色的银雁在夜空中闪光……

每一次起飞、每一起着落，机组人员果敢、坚守、自信，耐心地等待，聆听着手表的指针滴答声，情绪不时有些紧张，翘首仰望天空，待战机安全起飞或顺利返航。

有多少个难以忘怀日日夜夜，在机场停机坪上，与心爱战机形影不离，加油、充气、更换轮胎，不分白天昼夜奔忙。由于工作需要，我之后转战野外修理厂，1982 年参加歼击七型飞机改装，掌握了多种机型维修技能。

铁打的营盘，流水的兵。可爱的绿色军营，我将美好年华无私奉献，用青春、用汗水、用满腔热血，书写了一代机务兵的芬芳。

我是一名光荣、普通的机务兵，机场、蓝天与歼击战机一起训练，一起成长。俗话说：人过留名，雁过留声。度过三千多日日夜夜，江河山川作证，我与歼击战机结下了深情厚谊。青春奉献，无怨无悔。

一代歼击型战机，我的好伙伴，你那银白色矫健的身姿，你那清脆欢快的涡轮发动声，似乐曲，歌唱蓝天翱翔勇士的壮志豪情，歌唱一代勤劳勇敢的机务人。

强国必先强军，强军才能强国。岁月荏苒，奔腾的长江黄河川流不息，时光流逝的足迹，映照着践行目标的航向，谱写歼击战机捍卫祖国领空不朽的诗章。随着科学航空信息技术迅猛发展，英雄的中国人民空军，不断刷新战斗航迹、砥砺空战本领，守卫伟大祖国的蓝天不受侵犯和干扰。

如今，四十多年过去了，歼击六、七型战机荣光退役，放置公园、纪念馆或博物馆，供人们参观，听它们诉说那往日的峥嵘岁月……我们这代机务兵也到站退休，颐养天年，含饴弄孙，但我们依然眷恋歼击六、七型战机，将伴随它们一起日渐变老到永远。

我与歼击战机有个约定。那昔日威武的歼六、七型战机，那飞机轰鸣的声音，机场停机坪、跑道、塔台指挥所，它们将永远伴随着我的生命……

赠人玫瑰　手有余香

“帮助别人，快乐自己”，这是我父辈传下来的家风。

1948年，父亲参加新四军江北游击队，历经多次磨难，几次死里逃生。他看淡了生死、看淡了名利，更加热心帮助别人，收获快乐与幸福。母亲讲，新中国刚成立那阵子，肥东地方政府各部门人才紧缺，石塘地区是革命老区，被当地称为财税干部的摇篮。那时，肥东县财税部门相当一部分干部来源于此，其中，有部分干部就是通过父亲的介绍、推荐，进入县财税部门的。不仅如此，因为有一定的文化，加之税收业务精湛，每年春训活动中，父亲都要精心准备材料备课，负责给刚入门的税务干部授课，为培养大批税收业务骨干，贡献了自己的绵薄之力。

为何帮助别人能使自己快乐呢？从人的本性上讲，帮助别人是一种心灵美德，帮助别人有一种被需要的感觉，充分肯定了自己的人生价值，也获得了别人的好感和友情。如果一个人愁眉苦脸，整天萎靡不振，对生活失去信心与勇气，可是在你的言行感召开导下，精神重新振奋，你会受他的精神感染而更加开心。因为是你的微薄力量，解决了他人的生活或思想上小难题，你不觉得你很有价值吗？因为你的帮助，别人对你表示感谢、感激，你的心里难道不舒服和快乐吗？人生最快乐的事情就是伸出热情而温暖的双手，尽自己所学或资深的阅历去帮助身边的每一个人。中国有句话说“送人玫瑰，手有余香”，只要无私地奉献他人和社会，就会有“余香”留存。助人乃是快乐之本，在给他人快乐的同时也不经意间得到了快乐。

我们生活在新时代这个社会大家庭里，就会遇到有不同阶层的人群需要帮助、需要关爱、需要去正确的引导，避免误入歧途。一个人喜欢被他人关心、关爱的感觉。我们生活在同一地球，同一片蓝天下，或生活在同一座城市、一个乡村，或同同一个单位，给予他人的帮助就像一个接力棒，你传递给我，我传递给另外一个人，一传十，十传百，这样就会感染周围更多的人，久而久之，全社会就会形成一种以帮助别人为乐的氛围，助人就变为人的一种自觉行动。当自己遇到困难需要帮助的时候，别人也会对你伸出援助之手，又能收获快乐。人生其实是公平的，你付出多少，就会机会得到不同的方式的回报。俗话说，种瓜得瓜，种豆得豆。春天时节，你用辛勤的汗水播种，到了秋天，就会有满满的收获。只要人人都献出一片爱心，伸出自己友谊的双手尽力去帮助别人，我们这个新时代就会处处充满着阳光般的关爱。

四十多年前，我在部队，是战友、领导的教育帮助，使我从一个无知的农村青年，一步步地成长起来，上军校提为干部。第一次回乡探亲，有的战友父母在农村种地收入较少，勉强维持家庭生计，我亲自登门拜望，与其父母拉家常，临走时留下几十元钱，以解决他们的燃眉之急。有的战友，由于其他种种原因未能如愿提干，或留在部队，当兵几年仍享受战士津贴待遇，我从自己的工资中拿出几十元，让他购一块手表或一件新衣来“武装”自己，踏上回乡的旅程。转业到地方工作后，由于工作岗位的特殊性，帮助别人解决问题的机会多多，日常生活中，只要有人上门来找，我会尽自己的最大努力，设法去帮助、去解决。他年帮助别人一两件小事不足挂齿，此事虽然过去多年，有时偶然与其相遇，人家远远向你投上感激、赞许的目光，心中仍然有一种快乐的幸福感！

不曾泛黄的老照片

如今人们的生活越来越好，每个家庭都会保存一些相册。老照片可以跨越历史时空，见证一个时代人们生活工作的变迁，或城市、乡村，以及社会的发展，国家经济建设，等等。由此，人们一旦悠闲或退休下来，就会自然想起家的往事，不由自主地去寻找过去那一本本相册，一串串沉淀的记忆。轻轻地将相册上面的尘灰拍去，情不自禁地翻开一番，陈年旧事猛然映入眼帘……

一张张老照片就像是一部活生生的“史书”。

过去的事情早已如刚看过的书页，被现下正在阅读的书页压住了。当你慢慢地、轻轻地翻开了昔日影集，一张张老照片带给你是一个个欢快悲伤的故事，随着那书房案头上清茶的飘香，幽幽地浮上心间。

照片一：20 世纪 80 年代初，上文化补习班，加强文化知识学习，把过去失去的学习机会夺回来。我们这代 20 世纪 50 年代中期出生的人，文化基础较为薄弱，虽然中学毕业，但肚子里没有几滴墨水。时间一晃到了70年代中期，回农村接受贫下中农再教育，不负韶华，有幸走进绿色军营，来到部队这所大学校，经风雨见世面，锤炼青春。在部队大家庭里，我深感学习文化知识迫切性和重要性。学习文化是个人心灵的渴望，吾将上下而求索，加强各种书籍史料阅读，提高工作学习应变能力，增强改造世界观、人生观、价值观的真本领。

照片二：立功受奖，在起飞线停机坪一排飞机前合影留念。我们分队有14名干部战士，分别来自全国八个不同省市，入伍的时间也不尽相同。由于大家精心维护，精心按《飞机维护规程》操作，时刻绷紧安全这根弦，机务工作连续三年做到无差错，保证了飞行安全，荣立集体“三等功”。2017年11月，我们参加在广东惠州举办的战友联谊会，但很遗憾，照片中有两位战友，转退回地方工作后，因病英年早逝。

照片三：为保证飞行安全，使飞机第二天参加军区空军某代号联合军事演习，全机组人员在探照灯下，挑灯夜战，加班加点排除飞机发动机及其他部位故障，做到飞机故障不过夜，万无一失，使飞机时刻处于临战的最佳状态。

一组老照片找回往日军营生活的记忆。重温这些老照片，备感亲切，激起心中一层层波浪，努力寻找军营生活的片片印记。感激在部队的锻炼与培养。在军营，我们同一中队的战友来自五湖四海、不同民族，由于地区、文化、生活习惯等存在差异，但大家相互关心、相互帮助、相互学习，学习多讲普通话，少讲家乡方言，大家平时一起生活、一起训练，度过无数个难忘的日日夜夜。在军营训练的摸爬滚打中，建立起兄弟般的战友之情、兄弟之爱，用青春汗水书写一代机务人壮丽的诗篇与芬芳。

铁打的营盘，流水的兵，流水的兵不会忘怀部队。大家为了各自的理想与追求，不得不割舍情谊，奔赴祖国的四面八方，去工作、去学习、去努力创造，建设自己的美好家园。从此，聚少离多，大部分战友很难再相聚在一起。30 年春秋弹指一挥间，战友之情并没有随着时间的流逝而减弱，美好的回忆仍然清晰地在脑海中萦绕，《战友之歌》仍继续在心中歌唱、回荡……

转眼离开军营三十多年了，一切往事历历在目。如今的信息技术飞速发展，有 QQ、微信，大家用智能手机天天上网，微信聊天，近在咫尺，拉近了战友间的距离。原来，我们以为此生很难再相见，如今天天都在音视频连线。我们渴望战友相聚，畅叙离别之情，重建战友之谊，架起爱心之桥，续写友谊之歌。

“战友，战友，亲如兄弟……” “战友”，这是多么亲切的称呼啊！崇高的荣誉，难怪许多的战友在关心和帮助身边战友时这样说：“不图利、不图名，只为人生难得的战友情……”

天若有情天亦老，人间正道是沧桑。一张张老照片反映一段难忘的往事，我们要倍加珍惜生活，热爱生活。不忘初心，方得始终。心怀感恩之情，笑口常开，永葆革命青春，用那些老照片写进更多动人的老故事。

难忘啊！惠州那场聚会

惠州，一座悠久历史的文化名城，古代即有“岭南名郡”“粤东门户”“半城山色半城湖”之誉，是客家人最重要聚居地和集散地——旅居海外华人华侨、港澳台民众居客家四州之首，客家侨都。

2017年12月11日，北方已是冰天雪地，惠州却依旧春意盎然，一派生机。战友们相聚于广东惠州君豪大酒店。大家感到无比亲切和激动，一直处于幸福的喜悦之中。战友相见分外亲，见面时大家紧紧拥抱，互相问候。过去的通信条件落后，我们这些分别几十年未见的战友，用一种特有的方式，握紧拳头使劲拍打对方的胸前的肩上；互相看着依稀可辨的面容，使劲地转动自己的脑子，“搜索”着对方姓名、爱好、籍贯等。军旅生涯，让我们彼此结下今生无悔的战友情谊。在军营离别的那段岁月里，我们心心相连，多少次魂牵梦萦里相见，多少次辗转挂念，多少次询问查找，无论你在天涯在海角，也割不断我们战友之间血浓于水的情谊！

时光飞逝，岁月沧桑。昔日天真烂漫、英俊潇洒的小伙子，怀着对未来的美好憧憬、对理想追求的有志青年，今天两鬓多了一丝丝白发，脸上增添了一道皱纹，但那份激情、那份热忱，那颗怦怦跳动的心犹如初到军营一般。此时此刻，面对曾经朝夕相处、情同手足的战友，回忆的话题一个接一个，重逢的喜悦写在每个人的脸上。聚会交谈中，回忆那紧张、艰苦机务生活的趣闻旧事；追忆入闽、修理厂，那一段激情燃烧的岁月。如今又增添一道畅谈儿女成长、含饴弄孙的天伦之乐，更觉得亲情、友情、战友情的珍贵，人生时光的美好。

岁月悠悠，往事历历。我们有太多的话在此刻要倾诉，我们有太多的故事去追忆。电影场、大会堂，有我们战友洪亮拉歌的欢笑声；篮球、足球、排球场有我们运动的身姿；机窝、停机坪等有我们精心维护飞机、保障飞行训练忙碌的身影。浓浓的战友情结，让我们从五湖四海集结到一起，共同的军营经历让我们的心紧紧相连。今天，我们以无悔的青春，以健康的身躯，欢聚一堂。让我们尽情地说，尽情地笑，尽情地唱，尽情地回忆那军旅的美好，生活的纯粹，尽情享受人世间乐趣，将一个个幸福难忘的瞬间合影，制作成精致的相册留存纪念。

亲爱的战友，无论你今天是身居要职或者是腰缠万贯，无论你是在外打工飘摇拼搏，无论你“下岗”而囊中羞涩，只要您需要战友的帮助，相信来自东西南北的你、我、他，一定会伸出战友温暖之手。

亲爱的战友，当你在商海中搏击而疲惫不堪之时；当你在仕途奋斗中遇到困难和险阻时；当你在人生遇到坎坷或艰辛时；希望你拿出当年军人在部队训练的信心、勇气、果敢，去面对困难，去克服困难，去战胜困难。

亲爱的战友，我们赶上一个改革创新、科学奋进的新时代，我们将团结在一起，与时俱进，互相关爱、不忘初心，鼓励和帮助身边的战友，让更多的战友在建设美好家园中，发挥出积极带头作用，为实现下一百年目标而奋斗。

共话友情，坦诚相见。看今朝夕阳无限好，我们在地方市场经济的大潮中，以军人独特有的风格、意志、气质、品质，敢于面对人生的各种挑战，敢于攻坚克难，敢于争先创优，奋发有为，变外行为内行，艰苦创业，拼搏奋斗，在地方经济建设中有所发展，有所建树，成了专家能手，闯出一条金光大道。如今，有的在机关、企事业单位忠于职守工作人员，有改革开放大潮中成长起来的私企老板，有平凡的工作岗位默默奉献者，也有扎根农村辛勤耕耘的农民，有的退休颐养天年，尽管我们的岗位不尽相同，但是我们的战友之情永远不会改变。

今天难得相聚，我们将带着渴望和期盼。哪里相聚，哪里就是我们心灵沟通的驿站，是我们家的港湾。愿友谊天长地久，千里共婵娟。

最后，为惠州战友相聚赋诗一首：

友情千里传，相聚在惠州。翘盼几十载，今日将梦圆。光阴虽似箭，奈何意志坚。如今建微信，日日线上连。戎装戍南国，战鹰翱蓝天。一别数十载，今朝得相见。花甲鬓毛衰，声形尚可辨。满饮杯中酒，袍泽情谊牵。

后　记

记忆如一条淙淙流淌的长河，在那清澈见底的河流中，常常会有飘散着清香的花瓣浮水而上。

昔日的记忆是多么美好啊，带给我无限的回忆，这种味道让我记忆深刻，令我深深难忘。

岁月的堆积，总是会让记忆，留下了万千痕迹；即使是再平静的心湖，也会有着涟漪；因为树叶随风飞舞，落在了湖上，即使是缓缓地飞扬，也会浮动着波纹。而其中的美好，就像是月的骄傲，在湖里晃动着，露出笑靥。可能是回忆的瞬间，让所有的时间，都停留在那一刻，都会飞旋着耀眼的水波。风吹过来的时候，总是会带着忧愁，让湖水有了褶皱，可以看到月色的微漾。

《记忆的味道》这部散文集包括两部分：第一辑“往事如花”，书中文章大多以20世纪六七十年代江淮乡村民俗生活为背景，反映个人家庭，从农村到部队，从部队到地方及退休后一段生活琐碎片段，文中充满着我对往事的回忆和一种刻骨铭心的怀念，字里行间折射出人心和生活的真善美。

第二辑“闪光的日子”，人生最美是军旅，军旅最美是战友情。军旅是人生里的一块精神领地，以散文讲述军旅生活和军旅故事，展示当代军人或在军营或退转后的风采风貌。

我离开绿色军营已三十多个年头，每当回忆起往日的军营岁月，一切好像就在昨天，梦里醒来是早晨。军营的宿舍，球场、机场停机坪、宽阔的跑道、无不留下机务人训练足迹，遂溪、福建、田阳等机场是曾经我青春闪耀的地方，留下记忆的芬芳。

十多年的军旅人生时光，在历史的长河中是短暂的一瞬，可就是这10年，成就了我人生中所有的辉煌，也成就了这部滚烫的书。

《记忆的味道》这部散文小集，是我人生奔“七”前的第一本文集，余生之年，文字在我的心灵变得越来越为重要，日常所思、所想、所闻、所获都变成一颗颗金种子般的文字，播撒在那通往理想国的土壤中……

桑榆不言晚，红霞映满天。一息尚存，仍需努力，依然会用一种虔诚的心态，笑对生活，笑对人生，记录夕阳与晚霞，去照亮陌上花开的日子。

马先勇

2021年10月1日

写于国家税务总局肥东县税务局老干部活动室